Elodie Delmarès

L'AFFAIRE JACQUES CLEMENT

Pièce de théâtre

Edition spéciale

LE LION NOIR EDITIONS

Le Lion Noir Éditions 2022
Elodie Delmarès
Publié en accord avec l'auteur
ISBN : 9782491982157
Catalogues et manuscrits : www.elodie-delmares.com

« Le Code de la Propriété intellectuelle interdit les copies ou reproductions destinées à une utilisation collective". Toute reproduction ou représentation intégrale ou partielle, faite par quelque procédé que ce soit, sans le consentement de l'auteur ou de ses ayants cause, est illicite et constitue une contrefaçon, aux termes des articles L335-2 et suivants du code de la propriété intellectuelle. »

Dépôt légal : 2022

Remerciements

Un très grand merci à toutes les personnes qui ont pris le temps d'échanger avec moi sur cette fameuse histoire, de m'aiguiller sur les sources historiques à consulter, et de me faire parvenir de précieux documents.

A commencer par "Bernard", Serbonnois de très longue date, historien de son État et véritable puit de science, pour m'avoir éveillée et intéressée à l'histoire de ce petit village si accueillant ;

A la mairie de Serbonnes pour sa générosité et l'accès qui m'a été laissé aux archives de la commune ;

A M. François Janot, propriétaire du château "le petit Varennes" et descendant de la famille Brunel de Serbonnes - famille qui fut étroitement impliquée dans cette épopée - pour la visite du château et les documents et photos fournis.

A ma fille Camille, comédienne, pour ses conseils bienveillants concernant l'écriture et la correction de la présente pièce.

A mes trois enfants, pour leur soutien constant.

L'AFFAIRE JACQUES CLÉMENT - PIECE DE THEATRE

LES PERSONNAGES

FEMMES (4)	HOMMES (9)
Catherine de Lorraine Duchesse de Montpensier (36 ans) *Sœur de H. de Guise et du C^{al} de Lorraine*	**Henri de Navarre (36 ans)** *Futur Roi de France*
Marguerite de Bronze (19 ans) *Maîtresse de Henri III, ép^{se} de M. de Brunel*	**Jacques Clément (22 ans)** *Moine Jacobin, assassin de Henri III*
Catherine de Clèves (40 ans) *Épouse/veuve du duc de Guise, confidente de C. de Lorraine*	**Jacques de la Guesle (32 ans)** *Procureur du Roi*
Catherine de Médicis (68/ ans) *Mère de Henri III*	**Henri III (37 ans)** *Roi de France*
	Henri de Guise, duc (38 ans) *Lieutenant-Général du Royaume* + Charles de Mayenne
	Roger de Bellegarde **(26/27 ans)** *Seigneur (garde rapprochée du roi Henri III) et favori du roi Henri III, deviendra celui de Henri IV.*
	Richelieu (40 ans) *Grand prévôt de France, Président du Tribunal Intervient à l'acte I seulement*

Mathieu de Brunel (46/47 ans)
Seigneur de Serbonnes

Charles de Mayenne
Duc, frère des Guise et de Mme de Montpensier

Antoine Portail
Chirurgien du roi

Bernard de Montsiries
Garde du Roi qui tue Jacques Clément ; intervient dans 1 scène

Le secrétaire du comte de Brienne
Intervient à l'acte III seulement, pour délivrer le passeport au moine Jacques Clément

Edme Bourgoing,
Prieur de Jacques Clément, ligueur - *Intervient à l'acte III uniquement*

Le cuisinier de Jacques de la Guesle
Intervient dans une seule scène

Acte 1 : La mort du roi Henri III/ Le Procès
Château de Saint-Cloud

Scène 1 : 1er août 1589, le roi Henri III, Antoine Portail, Bellegarde, Henri de Navarre, Jacques de la Guesle
Henri III
Alité, cherche à rassurer ses proches

Par pitié, mes amis, ne courez point, la blessure n'est pas si méchante qu'elle ne le laisse croire. Ayant mis, à plusieurs reprises, mes doigts dans ma plaie, je puis en attester : mes intestins sont intacts. D'ailleurs, nous allons être fixés : voilà le sieur Antoine Portail, mon chirurgien, qui vous confirmera mes dires.

Antoine Portail
Sondant la plaie, en aparté à Bellegarde

La plaie est à quatre doigts au-dessous du nombril, du côté droit, distante du milieu du ventre de la largeur du doigt". Elle a été très agrandie certainement par le geste brusque du Roi pour parer le coup, alors qu'il était déjà porté, et a déjà beaucoup saigné. Il me semble bien que le boyau soit percé. *A Jacques de la Guesle :* hélas, Monsieur le Procureur, prévenez le grand prieur.

Jacques de la Guesle
S'approche du chirurgien et chuchote

Je suis votre serviteur. Y a-t-il quelque drame ?

Antoine Portail
Continuant de sonder la plaie tourne la tête en direction du procureur

Mon maître, lui dit-il, songez à vous. Je ne crois pas que l'on puisse sauver le Roy. *Se tourne vers le roi, à haute voix :* Sire, ne vous inquiétez de rien. Assurément, dans dix jours au plus tard, vous monterez à cheval. En quelques coups d'aiguille la plaie sera réparée. Après quoi vous serez pansé et recevrez quelque médicament, pour mieux passer la nuit.

Henri III
A Jacques de La Guesle, pour le rassurer

Mon fils, ne vous fâchez point : ce méchant moine m'a voulu tuer, mais Dieu m'a préservé de sa malice : ceci ne sera rien. Je le sais : vous n'êtes en rien complice.

Jacques de la Guesle
A Bellegarde

Approchez l'autel, qu'on permette à Sa Majesté de recevoir par la prière les bienfaits du Seigneur. Sire, daignez recevoir l'attention et les devoirs que vous êtes en droit de désirer de vos sujets.

Henri III
Calmement

Seigneur Dieu, si tu estimes que ma vie est utile et profitable à mon peuple et mon État, dont tu m'as mis en charge, conserve-moi et prolonge mes jours, sinon, mon Dieu, prends mon corps et sauve mon âme et la place en ton paradis. Que ta volonté soit faite ! (*Il ressent soudainement une douleur au ventre*) Mon chirurgien, daignez m'examiner à nouveau et découvrir la raison de cette douleur au ventre. J'ai mal au cœur.

Antoine Portail
Feignant d'examiner le roi, tentant de le soigner

Sire, il vous faut un lavement pour faire partir les humeurs. Vous serez bientôt libéré de vos douleurs. *En aparté, après quelques secondes* : las, le corps ne retient rien.

Henri III
Soudain inquiet

Eh bien ?

Antoine Portail

Sire, faut-il vraiment vous le dire ? Au choix d'un successeur il vous faut résigner.

Henri III

Seigneur ! Voilà donc ta malédiction. Ainsi tu me condamnes, moi, ton humble serviteur, après tant d'années à servir ta gloire, faire craindre ta colère, transmettre ton amour et ta miséricorde. A un bien long règne j'étais pourtant promis, me voilà bientôt parti. Avec moi s'éteint la dynastie des Valois. Tous mes frères, François, Charles, Alençon, étant sans descendance. Nul prince pour prolonger cette glorieuse famille. Je fus donc le dernier. Voilà mon cousin de Navarre au trône destiné. *Il tend sa main au roi de Navarre, qui la presse dans ses mains.* Mon cousin, voyez comme vos ennemis et les miens m'ont traité. Il faut que vous preniez garde qu'ils ne vous en fassent autant.

Henri de Navarre,
Avec compassion

Mon frère, gardez espoir. Les médecins, souvent, dramatisent. Votre blessure n'est sûrement point tant dangereuse. Bientôt vous châtierez ceux qui ont fomenté cet odieux attentat.

Henri III
A Henri de Navarre

Mon frère ! Je le sens bien, c'est à vous de posséder le droit auquel j'ai travaillé pour vous conserver cet honneur, cette responsabilité que Dieu nous a donnés. C'est ce qui m'a mis en l'état où vous me voyez. Je ne m'en repens point, car la justice, dont j'ai toujours été le protecteur, veut que vous succédiez après moi en ce royaume, dans lequel vous aurez beaucoup d'inquiétudes, si vous ne vous résolvez à changer de religion. Je vous y exhorte autant pour le salut de votre âme que pour la réussite que je vous souhaite dans les affaires du royaume. *Aux autres :* Messieurs, approchez-vous, et écoutez mes dernières intentions sur ce que vous devez observer quand il plaira à Dieu de me faire partir de ce monde. Ce qui s'est passé n'a pas été uniquement la vengeance de mes sujets rebelles contre moi, bien que ceux-ci, contre mon naturel, m'ont donné sujet d'en venir aux extrémités. La connaissance que j'avais de leurs desseins d'usurper la couronne contre toute sorte de droit et au préjudice du vrai héritier, et bien que j'ai tenté toutes les voies de douceur pour les en divertir en est une autre cause. Tous mes efforts pour tempérer leurs ambitions n'ont plutôt servi qu'à accroître leur puissance et leur mauvaise volonté. Mais, comme leur rage ne se terminera qu'après l'assassinat qu'ils ont commis en ma personne, je vous prie, comme mes amis, et vous ordonne, comme votre Roy, que vous reconnaissiez après ma mort mon frère le roi de Navarre comme souverain de notre pays entier, que vous ayez la même affection et fidélité pour lui que vous avez toujours eue pour moi, et que, pour ma satisfaction et votre propre devoir, vous lui en prêtiez le serment en ma présence. *A Henri de Navarre :* Et vous, mon frère, que Dieu vous y assiste de sa divine providence. Gouvernez cet État et tous ces peuples qui sont sujets à votre légitime héritage et succession, faites en sorte qu'ils vous soient obéissants par leurs propres volontés, autant qu'ils y sont obligés par la force de leur devoir.

Henri de Navarre,
Plein de compassion

Majesté, je vous promets de servir votre volonté et d'observer vos commandements.

Le roi meurt.

Scène 2 : Henri de Navarre, Bellegarde, La Guesle

Henri de Navarre
Avec gravité

Messieurs, puis-je compter sur vous ?

Roger de Bellegarde
Empressé
En tous points, Majesté, je suis votre obligé.

Henri de Navarre
Songeur
Monsieur de Bellegarde, en tant qu'écuyer du roi, vous avez bien sous le bras quelques informateurs qui vous renseigneront fort à propos ?

Roger de Bellegarde
Pour quelle quête ?

Henri de Navarre
Je flaire quelque complexité dans cette affaire. Le crime a tous les aspects d'un acte religieux, mais je sens qu'il y a autre chose derrière.

Jacques de la Guesle
Sur ce point, Monseigneur, je vous suis entièrement : si le crime n'était que religieux, ce moine, bien qu'étant un sot notoire, n'aurait pas assassiné le roi sachant que son successeur serait immanquablement protestant.

Henri de Navarre
Exactement. Étant proche de la famille royale, Monsieur de la Guesle, vous savez certainement la tolérance des Valois pour la foi huguenote, et vous aviez été témoin du ralliement entre la couronne et la maison des Bourbons. La Ligue n'avait aucun intérêt à commanditer la fin des Valois, à moins d'avoir de sérieuses raisons et quelqu'un d'autre à mettre sur le trône. Mais autre chose m'intrigue : comment le moine est-il entré dans ce giron ? Comment s'est-il procuré la lettre du Premier président du Parlement, enfermé en Bastille, et le laisser-passer du Comte de

Brienne ? Qui est–t-il, d'où vient-il ? Avait-il des griefs personnels ? Comment a-t-il pu tromper votre confiance ? Un procès sera bientôt ouvert. Veillez à m'apporter toutes les réponses à ces questions, aidez-moi à comprendre, et prendre une décision.

Roger de Bellegarde
Dubitatif
Un procès, Majesté ? Un procès ? Pour un cadavre ?

Jacques de la Guesle
Assurément, Bellegarde. Un procès pour un cadavre. En notre temps les régicides sont imprescriptibles : même la mort de l'auteur ne saurait éteindre l'action publique. Et que dire du corps d'un meurtrier que l'on a transpercé sans même l'interroger ? Quel message laisserions-nous à la postérité ? Celle d'un martyr ? Non, messire, il lui faut un procès !

Henri de Navarre
En effet, et c'est vous, Monsieur de la Guesle, qui conduirez Bellegarde dans ses investigations.

Jacques de la Guesle
Hélas, Monseigneur, faut-il le souligner ? De ce drame, mon erreur est responsable. Pourrais-je décemment, dans un même temps, tenir lieu de juge et de partie ?

Henri de Navarre
Déterminé
Monsieur de la Guesle, je devrai effectivement examiner vôtre rôle dans cette triste affaire. Je vous encourage à rester neutre et à répondre scrupuleusement et fidèlement aux questions de Monsieur de Bellegarde, en ce qui vous concernera. La tenue du tribunal sera l'office de François de Richelieu, dont l'impartialité ne fait aucun doute.

Roger de Bellegarde
Surpris et flatté
Et quel serait mon rôle ? Quelles questions sont en suspens ?

Henri de Navarre
Elles me semblent pourtant évidentes, Bellegarde ! Qui se cache derrière cet attentat ? S'il y a une liste noire, suis-je le prochain ? Quel est le véritable dessein des instigateurs ? Je dois le découvrir et neutraliser l'ennemi, avant de monter sur le trône. Je dois savoir où je mets les pieds. Monsieur de Bellegarde, étant l'un des favoris d'Henri, vous faisiez partie de sa garde rapprochée. Je vous offre la possibilité d'intégrer la mienne. Si vous voulez me servir, servez votre défunt roi. Découvrez comment a disparu le dernier des Valois.

Scène 3 : 2 août 1589 - François de Richelieu, Henri de Navarre, Bellegarde, Jacques de la Guesle

François de Richelieu
Ouvre la séance
Nous, François de Richelieu, Grand Prévôt de France, ouvrons le procès fait à feu Jacques Clément, moine jacobin, coupable d'avoir, ce premier août 1589, blessé mortellement Henri de Valois, souverain de France sous le nom de Henri le troisième, en lui portant un coup de couteau au ventre. En qualité de président de ce tribunal, je fais le serment d'apprécier les faits à charge et à décharge de toutes personnes pouvant être partie dans ce procès, afin de déterminer la sentence la plus juste et la plus appropriée à l'auteur de ce crime… Nous allons maintenant étudier chacun des témoignages. *A Jacques de la Guesle :* messire Jacques de la Guesle, conseiller du roi en son conseil d'État, et son procureur général, veuillez-vous présenter à la barre. Prêtez-vous serment de dire

toute la vérité et de restituer fidèlement tous les faits dont vous avez été l'auteur ou le témoin ?

Jacques de la Guesle
Lève la main
J'en fais le serment solennel, Monsieur le Président.

François de Richelieu
Pressé
Parfait, commençons, donc. Passons aux déclarations. Vous dites avoir rencontré le jacobin Jacques Clément hier. Veuillez préciser en quelles circonstances.

Jacques de la Guesle
Avant hier, sur les quatre ou cinq heures de l'après-midi, me dirigeant vers Saint-Cloud, je revenais du village de Vanves, où je possède une maison. En chemin, j'ai trouvé un moine jacobin, petit homme, barbiche noire, en compagnie de deux soldats. J'ai demandé à ceux-ci s'il était leur prisonnier, ils m'ont répondu que non, ajoutant qu'il s'agissait d'un religieux sorti de Paris pour venir trouver le roi et lui faire entendre quelque chose concernant son service.

François de Richelieu
N'avez-vous pas été intrigué ?

Jacques de la Guesle
Naturellement, mais je n'en ai rien voulu laisser paraître. Je lui ai donc dit que puisque c'était pour le service de Sa Majesté qu'il venait, je le conduirais jusqu'en ce lieu, et l'ai assuré qu'il pouvait me dire librement si c'était pour chose d'importance qu'il venait vers Sa Majesté…

François de Richelieu
Et que vous a-t-il répondu ?

Jacques de la Guesle
Le jacobin m'a dit qu'il venait de la part de Monsieur le Premier président, et autres serviteurs que Sa Majesté avait dans Paris, et qui, affligés de n'en avoir aucune nouvelle, étaient fort tourmentés par les séditieux. Il a ajouté que le duc de Mayenne, le jour précédent, en avait fait emprisonner plus de cent cinquante, ou deux cents des principaux.

François de Richelieu
Quelle a été votre décision, alors ?

Jacques de la Guesle
Je l'ai mené avec moi et l'un de mes frères, qui l'a fait monter en croupe sur son cheval. Quand nous fûmes arrivés en mon logis, j'ai tiré à part ledit jacobin, et me suis enquis particulièrement de ce qu'il voulait dire de si particulier à Sa Majesté.

François de Richelieu
Et que vous a répondu le Jacobin ?

Jacques de la Guesle
Il m'a répété qu'il venait au nom de monsieur le premier Président et de tous les serviteurs de Sa Majesté, tous prêt à risquer tout ce qu'ils possédaient pour son service, et que s'il plaisait à Sa Majesté de leur donner une heure, ils lui tiendraient une porte ouverte,

François de Richelieu
Qu'avez-vous fait alors ?

Jacques de la Guesle
J'ai soupçonné que le jacobin fut un espion. Aussi l'ai-je pressé davantage encore, cherchant à déterminer qu'il ne me cachait pas de supercherie. Mais au lieu de répondre, le moine m'a présenté un petit papier écrit en lettre italienne, qu'il a dit écrit de la main de Monsieur le premier président. Pour le sonder, je lui ai demandé à quel moment il s'était entretenu avec le premier président. Nullement troublé, il m'a répondu qu'il l'avait vu avant-hier, et, avec lui, l'abbé de Rivault et le fils de Portail, dont il m'a parfaitement décrit les visages et les manières, et qu'il était entré dans la Bastille sous l'ombre du fils de Portail, connaissant la femme de Portail lui-même. Je lui ai même demandé s'il avait vu l'abbé de Cerisy, mon frère, ce à quoi il a répondu par la négative.

François de Richelieu
Quelle importance cette question avait-elle ?

Jacques de la Guesle
Mon frère ne pouvait se trouver en ce lieu avant-hier, ayant affaire dans une autre ville. Si le jacobin m'avait répondu par l'affirmative, j'aurais aussitôt pu le confondre.

François de Richelieu
Fort bien. Ensuite ?

Jacques de la Guesle
J'ai pris un ton plus sévère, lui faisant entendre qu'il ne fallait pas qu'il vienne faire ici l'espion et donner aux ennemis de la couronne l'occasion de se frayer un chemin jusqu'ici. Le moine m'a juré qu'il n'avait garde de faire ce mal, et que dès qu'il aurait porté la volonté du roi au premier président et aux autres, il reviendrait et se mettrait entre les mains du seigneur que Sa Majesté choisirait.

François de Richelieu
Ensuite ?

Jacques de la Guesle
J'ai mis fin à cet interrogatoire et ai demandé à mon frère de ne jamais laisser savoir par quel moyen le jacobin était arrivé. J'ai ordonné également que l'on maintienne le moine à mon domicile. Je suis retourné au logis de sa majesté, l'ai entretenu au sujet du jacobin et de sa demande. Sa majesté m'a mandé de lui mener le moine hier, au matin. J'ai alors pris congé du Roy.

François de Richelieu
Que s'est-il passé, en détail, ce matin du 1er août ?

Jacques de la Guesle
Menant le Jacobin en direction de la demeure du roi, j'ai croisé le sieur Portail, auquel le jacobin a fait mille politesses sans que le sieur Portail s'en étonne ou ne s'en offusque. Ils ont discuté ensemble le plus naturellement du monde, Portail lui ayant appris une fâcheuse affaire de dettes entre sa femme et un métayer concernant une ferme, dont je n'ai pas entendu le nom, marchant quelques pas devant.

François de Richelieu
Et, arrivés au logis du roi ?

Jacques de la Guesle
Le sieur du Haler nous a fait monter, le jacobin et moi, dans la chambre du roi. Ayant remarqué que le roi était sur sa chaise d'affaire, je me suis emparé des papiers présentés par le jacobin, l'ai fait attendre près de la porte, et ai remis les lettres au Roi. Sa majesté a aussitôt entrepris de lire la lettre émanant du premier président, et a fait approcher le jacobin, le faisant approcher par le côté opposé du mien. Seul M. de Bellegarde se trouvait aux côtés

de Sa Majesté, et quand le roi a demandé au moine de parler, celui-ci a répondu que c'était chose secrète. A plusieurs reprises, j'ai enjoint le jacobin de parler tout haut, assurant qu'il n'y avait aucun danger. Mais le moine restait sur ses positions. C'est le roi qui, tendant l'oreille, l'a invité à parler, et nous a invité, Messire de Bellegarde et moi-même, à nous retirer. Nous avons obtempéré, mais modérément, ne reculant que deux ou trois pas.

François de Richelieu
Poursuivez ?

Jacques de la Guesle
Le moine a fait mine de se pencher en direction de l'oreille de sa majesté pour lui dire son secret. Nous avions, messire Le Grand et moi-même, échangé quelques mots, quand nous avons entendu le roi pousser un grand cri, déclarant que le jacobin l'avait tué. Nous retournant en sa direction, nous l'avons découvert, debout, qui retirait un couteau de son corps et frappant le jacobin au visage avec le fameux couteau. En voyant cela et constatant que le roi, perdant du sang, tenait son boyau dans ses mains, étonné et perdu d'un si grand désastre, constatant par la même occasion que le criminel se tenait encore près de Sa Majesté, l'épée à la main, j'ai repoussé le jacobin. Tout cela a fait grand bruit et alerté les gentilshommes de Sa Majesté, qui se sont empressés et ont tué le jacobin.

François de Richelieu
N'avez-vous pas fait en sorte qu'on puisse l'interroger ?

Jacques de la Guesle
Bien entendu, Monseigneur. J'ai crié qu'on ne le tuât point car j'avais maintes questions à lui poser. Mais transporté d'une très juste colère, ou ne m'entendant point, M. de Montsiries l'a transpercé de son épée. Mortifié par un tel événement, je me suis

jeté au pied de Sa Majesté, et l'ai supplié de me faire mourir comme le plus misérable homme qui fut sur la face de la terre, ayant servi sans le vouloir le mauvais génie de la France et permis son acte.

François de Richelieu
Messire de Bellegarde, confirmez-vous le récit de Messire de la Guesle et son exactitude ?

Roger de Bellegarde
Oui, Monsieur le Président, je confirme l'exacte restitution des faits qui se sont produits en ma présence, à partir du moment où Messire de la Guesle et le jacobin sont entrés dans la chambre du roi.

François de Richelieu
Petite précision, Messire de Bellegarde, le jacobin a-t-il baillé un coup au roi dès avant ou après que sa majesté a commencé à lire la lettre et le passeport?

Roger de Bellegarde
Le coup a été donné alors que le roi finissait de lire et tendait déjà l'oreille vers le moine.

François de Richelieu
Fort bien, poursuivons. Messire de la Guesle, vous pouvez disposer. Nous appelons à la barre Messire Antoine Portail.

Antoine Portail entre

Scène 4 : François de Richelieu, Henri de Navarre, Bellegarde, La Guesle, Antoine Portail

François de Richelieu
Jacques de la Guesle rejoint une chaise dans l'assistance, tandis qu'Antoine Portail arrive à la barre

Messire Portail, veuillez exposer vos noms, qualité, âge et prêter serment.

Antoine Portail
Antoine Portail, soixante ans, chirurgien et valet de chambre ordinaire du roi.

François de Richelieu
Messire Portail, Vous avez rencontré le sieur Jacques de la Guesle, procureur général, le matin du régicide, veuillez exposer les faits précisément.

Antoine Portail
Ce premier août, vers sept heures au matin, alors que je sortais du logis du sieur Maréchal d'Aumont pour venir justement au logis du roi, j'ai rencontré le sieur Procureur général, qui venait de chez lui vers le château de Saint-Cloud et était accompagné d'un jacobin. Le sieur procureur-général, m'appelant, m'a dit : *"Voici un religieux qui veut vous dire des nouvelles de votre maison de Paris"*. L'entendant, je me suis approché du Jacobin, qui m'a dit à son tour : *"J'ai vu votre femme par deux ou trois diverses fois, qui est grandement affligée et tourmentée"*. Je lui ai demandé à quelle occasion il s'était rendu à mon logis. Ce à quoi il m'a fait réponse que mon fils était embastillé, et qu'il l'avait prié d'aller voir sa mère pour lui porter de ses nouvelles. Je lui ai demandé où il allait, et m'a répondu qu'il s'en allait porter un message pour Sa Majesté, quand il avait été fait prisonnier en chemin.

François de Richelieu
Messire Portail, auriez-vous eu des raisons de douter de la bonne foi du jacobin ?

Antoine Portail
Nenni, Messire le président. Il était exact que mon fils est embastillé, et que mon épouse est bien embêtée avec tout ce qui se passe dans notre foyer, d'autant que je suis souvent absent, étant souvent au service du roi.

François de Richelieu
Je vous remercie.

Antoine Portail sort, Jacques de la Guesle entre.

Scène 5 : François de Richelieu, Henri de Navarre, Bellegarde, La Guesle, Catherine de Montpensier, Catherine de Clèves, Marguerite de Bronze, Mathieu de Brunel.

(On étudie les documents fournis par Jacques Clément ainsi que la personnalité de celui-ci)

François de Richelieu
Nous rappelons à la barre Messire Jacques de la Guesle. *La Guesle revient à la barre.* Que pouvez-vous me dire sur les documents que le jacobin vous a présentés ?

Jacques de la Guesle
J'avais déjà eu l'occasion de lire un document émanant du premier président. J'ai donc reconnu son écriture. Celui-ci étant un proche et fidèle du roi, je n'ai pas été étonné de cette correspondance.

François de Richelieu
Que disait la lettre ?

Jacques de la Guesle
Pour la substance, elle priait très humblement Sa Majesté de leur faire part de ses nouvelles et commandements, qu'elle avait un plus grand nombre de serviteurs dans Paris qu'elle ne pensait, et qu'ils la suppliaient de croire le porteur de cette lettre, à savoir le Jacobin Clément, en tout ce qu'il dirait.

François de Richelieu
Ces papiers vous ont donc suffi à croire le jacobin ?

Jacques de la Guesle
C'est que le moine portait un autre papier, un passeport signé du comte de Brienne, Charles de Luxembourg, papier dont il s'est aidé pour sortir et venir ici. J'ai questionné le Jacobin sur d'autres papiers qu'il aurait en sa possession et d'autres choses qu'il aurait à dire.

François de Richelieu
Et que vous a-t-il répondu ?

Jacques de la Guesle
Qu'il n'avait rien à ajouter si ce n'est l'endroit par lequel Sa Majesté pourrait entrer dans Paris, et une autre affaire particulière qu'il ne pouvait faire entendre qu'au roi.

François de Richelieu
Brièvement, quelle impression le Jacobin vous a-t-il donnée ?

Jacques de la Guesle
Celle d'un homme assez simple. Benêt, même, au point que je me suis dit que si l'on avait eu recours à lui, c'est qu'on n'avait rien trouvé de mieux comme messager. Mais il m'a semblé droit et cohérent.

François de Richelieu
Passons à l'étude de la personnalité du jacobin.

Jacques de la Guesle
Messire le président, je ne peux vous dire que ce que Messire Dumont m'en a raconté.

Jacques de la Guesle sort. François Dumont entre.

Scène 6 : François de Richelieu, Henri de Navarre, Bellegarde, Catherine de Montpensier, Catherine de Clèves, Marguerite de Bronze, Mathieu de Brunel. François Dumont

François de Richelieu
Fort bien. Monsieur Dumont, veuillez rejoindre la barre, je vous prie, et décliner vos nom, prénom, âge, et qualité…

François Dumont
François Dumont, 45 ans, archer de la porte du roi.
J'ai connu frère Jacques Clément, en effet, Messires. Pour l'avoir vu dire la messe aux Mathurins à Paris, environ trois semaines après la fête de Noël dernier, avec frère Pierre Boufreyt. Ils venaient de Notre-Dame. Quelle n'a pas été ma surprise de le voir mort, dans la cour du logis du Roy, dans ce lieu de Saint-Cloud. On m'a expliqué le crime qu'il venait de commettre. Il disait la messe depuis environ six mois. Je ne sais que peu de choses sur lui, à savoir qu'il fût sot à manger du foin, et tout juste digne d'être torche-écuelle, arrivé au couvent des jacobins de Sens, puis à Paris, par faveur à chaque fois. J'avais ouïe dire qu'un jacobin s'était vanté de vouloir tuer le roi, et que ce pouvait être lui, mais personne ne le croyait capable, par son étourderie, de commettre un tel acte. Certains me l'ont dépeint comme un débauché, coupable de bien des dérives, c'est ce qui fait que je me suis méfié.

D'autres le disaient tout simplement trop vertueux et attaché aux valeurs catholiques pour projeter un tel acte, trop fidèle et trop pur pour se complaire dans la luxure. Je comprends que messire le procureur général ait eu des doutes, dans les deux sens.

François de Richelieu

Sauriez-vous dire comment il était perçu, au couvent des jacobins de Sens ?

François Dumont

Tous le raillaient, se moquaient de lui en l'appelant "Capitaine Clément", quand il parlait d'exterminer les hérétiques. Même son prieur pourrait vous en parler. Selon certains, il avait confié à son prieur de Sens que quelqu'un s'était vanté auprès de lui de vouloir tuer le roi. Le prieur lui avait répondu que cette personne s'était moquée de lui, et que ceux qui avaient véritablement ce projet en tête se garderaient bien d'en parler...

François de Richelieu

Si je comprends bien, le moine Clément était si étourdi que personne ne l'a cru capable de réaliser ce qu'il avait annoncé à certains ?

François Dumont

C'est cela même, messire le président. Sauf, peut-être, son prieur du couvent de Paris, Edme Bourgoing

François de Richelieu

Qu'on me l'amène dès qu'on le trouve. En attendant, amenez ici le restant des témoins. Voyons s'ils corroborent le déroulement des faits, tels qu'ils ont été évoqués.

François Dumont

Ce sera fait, Monseigneur.

Scène 7 : *Catherine de Montpensier, Catherine de Clèves, Mathieu de Brunel, Marguerite de Bronze*

Catherine de Montpensier
Seigneur de Brunel, je suis bien aise de vous rencontrer à nouveau. Que nous vaut le plaisir de votre présence, ici ?

Mathieu de Brunel
Madame, croyez bien que le plaisir est partagé. Nous sommes venus, mon épouse et moi, comprendre les tenants et les aboutissants de cette bien curieuse histoire... Entre nous, si j'avais pu imaginer...

Catherine de Clèves
Qu'un simple moine issu d'un si petit village pouvait s'avérer être le libérateur que nous attendions ? Nous ne pouvons que nous réjouir de ce miracle inespéré, monsieur.

Mathieu de Brunel
Quand même, je me sens bien coupable...

Catherine de Montpensier
Et de quel crime, s'il vous plaît ?

Marguerite de Bronze
Ironique

Cela, effectivement, on peut se le demander... Oui, c'est vrai, mon cher époux, quelle sotte idée a pu vous traverser l'esprit ? Vous, coupable d'un meurtre si vil ? Vous, si honnête, si droit, si modéré, si dépourvu du moindre sentiment de haine, être lié à pareille ignominie ? L'assassinat d'un roi ne peut être le fruit, je vous l'accorde, que de fanatiques qui ont trop de haine dans le cœur et l'esprit pour manquer à ce point de discernement... Certainement le moine Clément, grand simplet, était un outil entre les mains de dangereux complices, mais il avait en lui le capital nécessaire pour commettre un acte aussi irraisonné.

Catherine de Montpensier

Assassinat ? Ignominie ? Fanatisme ? Madame, veuillez prendre le temps de considérer la chose autrement, je vous prie. Henri de Valois était-il autre chose qu'un tyran, en fin de compte ?

Marguerite de Bronze
Ironique, mais d'un ton doux

Madame, je puis comprendre votre ressentiment envers le roi : il se dit qu'il a fait ordonner la mort de deux de vos frères...

Catherine de Clèves

L'un d'eux étant par la même occasion mon époux...

Catherine de Montpensier

En effet, j'en porte le deuil, aujourd'hui encore, et pour cette raison je compte bien faire fêter le moine Clément, devenu martyr, sans qu'il ait eu droit à un procès avant sa mise à mort ! Je vais ordonner de ce pas que l'on fasse distribuer des écharpes vertes en signe de gaieté à tous les Parisiens. Que l'on fasse aussi venir la mère de Jacques Clément à mes frais et qu'on l'installe en mes appartements de Paris. Je veillerai personnellement à ce qu'elle y soit accueillie comme étant la mère de Dieu en personne.

Marguerite de Bronze
Ironique

Elle en sera charmée, assurément, et cela lui fera certainement oublier le trépas de son fils...

Catherine de Clèves

Madame, je sens, sous votre apparente innocence, poindre un soupçon d'ironie...

Marguerite de Bronze
Madame, je vous l'ai dit : je comprends votre ressentiment…De là à fêter la mort du roi comme un miracle, et son assassin comme un libérateur… A mes yeux il était juste un pauvre fou, un illuminé qu'on a utilisé sous couvert de vagues mobiles religieux. Quant aux instigateurs de cet assassinat, leur foi ne doit pas peser bien lourd pour attenter à la vie de leur prochain.

Catherine de Montpensier
Et si nous parlions, Madame, de la foi du roi ? Elle-même qui fut trop faible pour lui interdire d'assassiner ses deux cousins, dont un cardinal ? C'est votre entêtement à déplorer la mort du roi que je ne comprends pas, moi…

Mathieu de Brunel
Madame la Duchesse, en ce pays, vous le savez, les avis étaient très partagés en ce qui concerne le roi. (*Se tourne vers son épouse*) Mon épouse, a, comme tant d'autres, son opinion sur feu notre souverain.

Catherine de Montpensier
Fort bien. Permettez, Seigneur de Brunel, j'ai à faire… A commencer par célébrer ce qui n'a rien d'une tragédie. Au plaisir, monsieur.
A Marguerite de Bronze, en la toisant froidement
Madame.

Mathieu de Brunel salue sincèrement, Marguerite de Bronze fait à la Duchesse une révérence ironique. Catherine de Montpensier et Catherine de Clèves sortent.

Scène 8 : Mathieu de Brunel, Marguerite de Bronze

Mathieu de Brunel

Par tous les saints, Madame, auriez-vous perdu l'esprit ? Savez-vous à qui vous vous adressiez ?

Marguerite de Bronze
Ironique,

Monsieur, laissez-donc les saints tranquilles. Je parierai tous nos biens qu'en ce moment ils s'affligent de tout ce gaspillage. Quant aux dames dont vous baisez les mains avec tant de Veulerie, oui, je sais qui elles sont, et ne m'impressionnent pas. Madame de Montpensier, de la maison de Lorraine, d'Orléans, branche cadette de la couronne, et sa belle-sœur, Catherine de Clèves, princesse de la cour de France et fille du duc de Nevers, veuve du duc de Guise. Oh je sais, elles évoluent dans les hautes sphères, et je leur ai fourni déjà bien des raisons d'attirer de leur part des représailles. Mais monsieur, puisque la foi a trouvé il y a peu quelque résonance en vous, sachez que vous pactisez avec le diable. Le milieu qui les a vu naître répond à des valeurs autres que celles que nous, humbles seigneurs de campagne, sommes en mesure d'appréhender. Ces gens-là naviguent en eaux troubles. Du meurtre du roi vous pourriez être inquiété.

Mathieu de Brunel

Et par quel mystère, s'il vous plaît ?

Marguerite de Bronze

Allons donc, ne faites pas le niais. Cela ne vous sied guère et je ne suis pas dupe. Au demeurant, puisque nous en parlons, vous feriez bien de vous inquiéter de la santé de votre esprit, au lieu de vous occuper du mien. Quelle imprudence vous avez commise ! Afficher votre sentiment de culpabilité face à des personnes fort bien placées pour faire de vous le bouc émissaire idéal. Elles se sont déjà servies de vous, elles peuvent aller plus loin, encore.

Mathieu de Brunel
Et quel crime m'accusez-vous d'avoir commis, au juste ?

Marguerite de Bronze
D'avoir introduit le moine dans les rangs de la Ligue. D'avoir utilisé sa naïveté afin qu'il soit manipulé et utilisé à des fins criminelles. De l'avoir mis en relation avec des scélérats qui lui ont fourni tous les moyens pour mener ses projets à leur terme. Pour lui avoir mis, peut-être, le couteau entre les mains ? N'ai-je pas raison ? Osez prétendre que vous avez mis en relation le moine Clément et les Ligueurs par simple charité pour ce jeune homme, et que vous n'aviez là aucune arrière-pensée ?

Mathieu de Brunel
Ma chère, vous me voyez plus noir que je ne suis. Je connaissais son douloureux passé, son engouement pour la foi catholique. Je l'ai senti désireux de rejoindre la Ligue. On le disait capable d'aller plus avant dans ses études de théologie. Le hasard m'a fourni l'opportunité d'aider un jeune homme bien meurtri dès le début de sa vie par l'absence d'un père, et la mort des siens dans un massacre historique. Je l'ai présenté à la duchesse de Montpensier. Le reste est hors de ma maîtrise…

Marguerite de Bronze
C'est bien ce que je vous disais : vous pactisez avec le diable mais ne contrôlez pas la suite. Ces gens-là savent obtenir des autres ce qu'ils veulent, par une bienveillance feinte, par la flatterie, une fausse compassion, mais garder pour eux leurs véritables desseins. Et vous ne me ferez pas croire que votre seul désir était d'aider ce jeune moine. Je connais votre idée de départ et les véritables

sentiments qui vous ont animé. Et c'est la peur d'être compromis qui vous a mené jusqu'à ce tribunal. Vous vouliez vérifier…

Mathieu de Brunel
Défiant sa femme
Et quoi donc, s'il vous plaît, Madame de Bronze ?

Marguerite de Bronze
La même chose que moi, monsieur. Mais contrairement à vous, je n'ai rien à craindre pour mon honneur. C'est par solidarité.

Mathieu de Brunel
Défiant sa femme
Par solidarité pour moi, ou pour la famille du roi ?

Marguerite de Bronze
Par solidarité pour les deux… *(baisse la voix)*, je crois…

RIDEAU

Acte 2 : Rétrospective/genèse - DANS LES COULISSES DE LA COUR DE FRANCE

Scène 1 - 7 juillet 1585, après la signature de l'édit de Nemours. Henri III, Bellegarde, Catherine de Médicis

Palais du Louvre, Paris, Cour de France

Roger de Bellegarde
Sire, Monseigneur de Navarre attend dehors et demande à être reçu par vous.

Henri III
Agacé et gêné
Boutez-le courtoisement hors du Louvre, et expliquez-lui qu'il court un grand danger.

Roger de Bellegarde
Gêné à son tour
Le bouter hors du palais avec une si courte excuse, Sire ? Et croyez-vous réellement qu'un chef d'armée comme le roi de Navarre va se laisser si facilement effrayer ?

Henri III
De plus en plus agacé et mal à son aise
Bonté divine, Bellegarde, il serait profitable à tous qu'il comprenne que je ne peux plus le recevoir, ni dans ce palais, ni ailleurs, et qu'il doit se protéger.

Catherine de Médicis
Mon fils, pourquoi craignez-vous de le recevoir ? Vous êtes à présent le chef de la Sainte-Ligue. L'esprit des fidèles est apaisé, constatant que vous avez à cœur d'imposer la foi catholique et d'empêcher l'accession au trône des protestants.

Henri III
C'est précisément là-dessus qu'Henri de Navarre vient m'interroger. Il a certainement appris que depuis que l'édit de Nemours a été signé et publié, tous les édits de tolérance envers les protestants ont été révoqués : l'exercice du culte protestant est interdit, les huguenots doivent abjurer ou s'exiler, les ministres protestants doivent sans délai quitter le royaume sous peine de mort. Navarre et Condé sont déclarés inaptes à la succession au trône. Je ne vous apprends rien sur ce chapitre…

Catherine de Médicis
Et, découlant de cela, tout ce que nous avions mis en place pour garantir la paix avec les protestants dans ce pays, tous nos compromis, tous nos efforts, tout cela a été annihilé par votre seule signature de ce maudit édit de Nemours. Êtes-vous véritablement étonné que Navarre demande des comptes ?

Henri III
S'arrête net et se retourne vers sa mère.
Mère, avais-je réellement le choix ? Au dernier printemps, la Sainte Ligue avait pris le contrôle de nombreuses villes, pesant de tout son poids sur les choix politiques de la couronne. Elle n'a jamais caché ses intentions : empêcher qu'un souverain protestant puisse imposer sa religion à tout le royaume, et, pour ce faire, imposer à tout successeur d'être catholique ou de se convertir. Depuis que le dernier de vos fils est mort, les ligueurs craignent plus que tout le sacre de Navarre, qui est l'héritier le plus légitime et direct, ce qui les rend encore plus agressifs. Pour contrôler la Ligue à nouveau, je n'avais d'autre choix que d'en devenir le chef et lui donner des gages de bonne foi. Rompre avec Navarre, mon propre héritier, en fait partie. Mais je ne suis pas au bout de mes peines : Henri de Guise demeure le véritable chef reconnu des Ligueurs. Partout où je vais, je sens le poids de son influence face à la mienne. Nous voilà engagés dans une guerre que nombreux appellent déjà "la guerre

des trois Henri". *(Lève les yeux au ciel, rêveur)* Ah, si j'avais eu un autre frère, ou un fils…

Catherine de Médicis
Et si, comme je vous l'avais conseillé, vous aviez épousé un meilleur parti que Louise de Lorraine Vaudémont, qui accroît le pouvoir des Guise, et demeure de plus incapable de vous donner un héritier…

Henri III
Regardant au ciel
Si Marie de Clèves n'était pas décédée…

Catherine de Médicis
Regardant aussi au ciel
Si Louise ne lui avait pas tant ressemblé…

Roger de Bellegarde
Regardant aussi le ciel
Quand on voit à quoi tient l'avenir d'un royaume…

Catherine de Médicis sort de la pièce. Le clan des Guise entre.

Scène 2- Henri III, Bellegarde, Catherine de Montpensier, Catherine de Clèves, Henri de Guise
Palais du Louvre, Paris, Cour de France

Henri III
Au clan des Guise
Chers amis, je tenais en personne à vous rapporter à quel point je me suis acquitté de mes engagements. Voilà les protestants écartés du trône de France, le gouvernement vierge de tout huguenot, et, par-dessus tout, notre cousin de Navarre banni de la Cour de France, et rendu inapte à la succession. Faudra-t-il autre chose

pour gagner votre total contentement et votre concours à l'harmonie de notre royaume ?

Catherine de Montpensier
Satisfaite mais hautaine

Sire, je me réjouis de ces bonnes nouvelles, et vous assure de mon total concours tant que votre constance dans ces dispositions sera perpétuée...

Henri de Guise,
Gêné mais heureux

Ma sœur, Sa Majesté montre sa bonne foi. Que faudrait-il de plus ? Ne venez pas relancer des disputes qui n'ont plus cours, puisque le roi a répondu favorablement aux exigences des catholiques. Veuillez-vous apaiser.

Catherine de Montpensier
Commence à s'échauffer

Mon frère, auriez-vous la mémoire aussi courte ? Faut-il réellement vous rappeler que, depuis le décès d'Henri le deuxième, la maison des Valois n'a eu de cesse d'hésiter entre fermeté dans l'adoption de la religion catholique et tolérance vis-à-vis des hérétiques ? Entre l'alliance avec les chefs protestants et l'obligation d'écouter les valeurs et les fondateurs de la Sainte Ligue ? Entre l'influence des Navarre, et la légitimité des Guise ? Un jour mariant la pauvre Margot à un "petit sanglier" huguenot, puis exterminant les protestants la nuit de la Saint-Barthélemy, avant de se rallier à eux ? Peut-on imaginer politique plus inconstante ?

Henri III
A Catherine de Montpensier

Madame, la politique est, par nature, la science de l'équilibre au milieu des influences antagonistes. Votre haine viscérale vis-à-vis des huguenots est bien longue, bien dure à apaiser...Et votre mépris à l'égard de ma famille m'inspire grande pitié. Que nous vaut une attitude si pugnace à notre endroit ?

Catherine de Montpensier
Plus hautaine, s'enflammant

Sire, le nom de Jean Poltrot de Méré vous évoque-t-il quoi que ce soit ? Mon père fut assassiné par ce huguenot quand je n'avais encore que dix ans. Est-ce assez pour justifier ma haine envers les hérétiques et mon engagement dans la Ligue ? Quant à mon ressentiment personnel envers vous, vous le devez au fait de m'avoir fait épouser un Bourbon, de quarante ans mon aîné. Il avait beau être catholique, il restait un Bourbon ! On m'a fait épouser un vieux barbon de Bourbon, moi, une fille de la maison de Lorraine, la cousine de Marie Stuart, Reine de France et d'Ecosse !

Henri III

Madame, je pensais d'une triste et injuste solitude vous sauver. Les rares hommes dignes de votre rang voulant un héritier doutaient de votre capacité à enfanter un enfant sain, en raison de votre boiterie. J'ai tout fait pour vous contenter, mais, puisque vous tenez à vous accrocher à votre colère, je ne vois pas comment je peux vous en détourner...

Catherine de Clèves
Chuchote au Roi

Sire, je vous en prie, ne poussez pas la cruauté jusqu'à rappeler à ma belle-sœur le lourd handicap qui l'afflige et ne lui tenez pas rigueur de ses propos. C'est avant tout une femme malheureuse et seule que vous voyez face à vous. (*À Catherine de Montpensier, pour l'apaiser*) Ma sœur, apaisez-vous, et venez vous reposer. Gardons à l'esprit les actes satisfaisants que Sa Majesté a accomplis pour défendre la foi catholique, et restons-en là, je vous prie...

Henri III
Essaie de se montrer compréhensif

Allons, allons, Madame de Montpensier, cessons tous deux de nous échauffer. Je vous prie d'accepter mes regrets. Nous pourrions bien trouver quelque arrangement qui contenterait tout le monde et nous permettrait de nous réconcilier. Je ne puis que constater votre grande solitude de cœur. Le Duc d'Épernon a pour vous une grande amitié, et je ne peux que l'en féliciter. Lui ferez-vous un jour la faveur d'y songer ?

Catherine de Montpensier
Hors d'elle, à l'assistance

Le duc d'Épernon ? Diable, Sire, vous ne pourriez me faire une plus grande offense si vous m'imposiez cet homme-là. C'est donc là tout ce que vous me proposez ? Un petit seigneur promu au rang de Duc, en mangeant à tous les râteliers et opposé à la Ligue ?

Catherine de Clèves
A voix basse

De grâce, Madame, ne vous troublez point davantage. Votre mal pourrait être relancé. Et songez qu'ainsi vous pourriez mieux surveiller le roi, par son intermédiaire.

Catherine de Montpensier
A voix basse

Quoi, un parvenu, Madame ? Non merci. Sous aucun prétexte. Il me surveillerait bien plus que je ne pourrai le faire à son égard. Pensons à autre chose : j'ai d'autres projets. *Au roi :* me croyez-vous dupe, Sire ? J'ai compris votre manœuvre et elle n'a rien d'altruiste. Me faire épouser votre favori, le duc d'Épernon, vous permettrait de renforcer votre influence en alliant le parti de la Ligue avec le vôtre. Je refuse de m'allier, de près ou de loin, à un homme trop opposé au parti catholique pour gagner ma confiance, et dont les mœurs sont trop ambiguës pour éveiller en moi la moindre tendresse. *A tout le monde :* Vous verrez bien, vous verrez bien combien de temps tiendront les engagements de cette famille de girouettes ! Vous verrez bien avec quelle facilité ils seront oubliés et avec quelle rapidité les Valois se compromettront à nouveau avec les Navarre.

Scène 3 - Henri III, Catherine de Médicis, Bellegarde.
Palais du Louvre, Paris, Cour de France

Henri III
Voyant arriver Bellegarde affolé
Eh bien mon ami, vous semblez bien tourmenté.

Roger de Bellegarde
Sire, d'une bien triste affaire je dois vous instruire.

Henri III
Confiant
Monsieur de Bellegarde, demeurez tranquille. Quelle que soit l'affaire, elle ne saurait ternir la nouvelle d'une certaine et imminente victoire contre Navarre à la bataille de Coutras.

Roger de Bellegarde
Sire, c'est précisément des nouvelles de Coutras que je viens vous rapporter. La bataille est loin d'être le succès que vous attendiez. Le duc de Joyeuse a failli.

Henri III
Mais comment serait-ce possible ? Nous avons de notre côté une nombreuse et vaillante armée...

Roger de Bellegarde
En effet, Sire, mais elle a justement pêché par excès de confiance, croyant écraser celle de Navarre. Contre toute attente, votre cousin

huguenot, en route depuis La Rochelle, avait rallié une armée de 35000 hommes afin de marcher sur Paris. La confrontation a tourné à la catastrophe pour notre armée : 2000 soldats ont péri à Coutras.

Henri III
Et Navarre, combien d'hommes a-t-il perdus ?

Roger de Bellegarde
Une quarantaine d'hommes, seulement, votre majesté.

Henri III
Furieux
Ce duc de Joyeuse, quel incapable ! Je le ferai bientôt pendre pour n'avoir pas su conduire notre armée à une victoire qui nous était pourtant assurée.

Roger de Bellegarde
Hélas, Sire, vous n'aurez pas l'occasion de le châtier. Le duc de Joyeuse a péri, lui aussi, ainsi que son frère Claude de Saint-Sauveur. Jusqu'au bout, ils ont combattu.

Henri III
Me voilà abattu ! Tombés au combat ! Un de mes favoris, le duc de Joyeuse, et son frère ! Un duo pourtant si talentueux et efficace ! Qu'on organise des funérailles nationales en leur mémoire.

Catherine de Médicis
Mon fils ! Gardez courage et espoir. Tout n'est pas fini.

Henri III
Infantilisé par son intervention
Hélas, ma mère, comment reprendre la maîtrise d'une telle situation ? Me voilà, depuis le traité de Nemours, acculé de tous les

côtés, isolé et même en guerre contre le seul allié sur lequel je pouvais compter : mon cousin de Navarre. Les fidèles catholiques sont plus fervents que jamais, depuis l'exécution de Marie Stuart, leur ancienne reine, par sa cousine protestante, reine d'Angleterre. Depuis des mois maintenant, ils lui rendent un hommage régulier. On me reproche trop de douceur dans la répression contre les protestants. Je suis piégé...

Roger de Bellegarde
Les conspirations et les calomnies de Madame de Montpensier y sont pour quelque chose, Majesté. Les pamphlets de la Ligue, les sermons des curés parisiens sont des armes bien insidieuses et terriblement efficaces, qui achèvent de détériorer votre image et de saper votre autorité dans les bas étages de la capitale.

Henri III
Que faire alors ? Mais quel but la boiteuse poursuit-t-elle ?

Catherine de Médicis
Quel but poursuit-elle ? Mais cela ne vous apparaît-il pas clairement ? Les ambitions de la Sainte Ligue sont aujourd'hui totalement assumées : on parle de vous renverser et de mettre les Guise au pouvoir. La Montpensier entend régner à travers ses deux frères : Henri, qu'elle imagine sur le trône et à la tête des armées, et son frère Louis, cardinal de Guise, qui sera bien placé pour imposer au pays la foi catholique. La boiteuse vit dans l'idée qu'elle doit hériter de l'influence de sa cousine Marie Stuart et de sa tante Marie de Guise. Être duchesse ne lui suffit plus. Elle se voit déjà reine.

Roger de Bellegarde
Voilà donc pourquoi elle refusait le duc d'Épernon ? L'épouser reviendrait à ruiner ses projets... Mais par quel truchement pourrait-elle le devenir ? Elle n'est ni mère, ni épouse de roi.

Henri III
En colère

Ça... par quel truchement ? Catherine de Montpensier a sa logique, qui nous échappe bien souvent. Peut-on imaginer qu'elle ait conclu un pacte avec le roi d'Espagne, défenseur acharné de la foi catholique ? Cette hypothèse ne me surprendrait pas : la faction de la Ligue et du Roi d'Espagne n'a-t-elle pas tenté de m'enlever, en mars dernier, alors que je me trouvais en visite à Saint-Germain-en-Laye ? Ce plan aurait pu être mené à son terme, si cette conspiration n'avait pas été découverte à temps. Heureusement, il me reste quelques sujets fidèles, et mes informateurs la surveillent d'assez près.

Roger de Bellegarde
En colère

Pas assez près, hélas, pour savoir ce qui lui permet d'espérer accéder au trône.

Catherine de Médicis

Mais suffisamment pour pouvoir éviter tous les pièges qu'elle nous tend. Il va falloir songer à vous occuper de la boiteuse, mon fils. Il n'est plus l'heure de la laisser mener ses conspirations. Vous devez agir, et vite ! Vous devez commencer par limiter le pouvoir d'Henri de Guise, et priver la Ligue de son chef...au moins pendant quelque temps.

Henri III
A nouveau plein d'espoir

La Montpensier n'est rien sans ses frères. Pour l'empêcher d'agir, je dois couper Henri et Louis de tout pouvoir, surtout Henri, qui est le pilier de la maison de Lorraine. Oui, c'est cela : le couper de ses appuis. Voilà qui est brillant. Lui interdire d'entrer dans Paris, et tuer ainsi dans l'œuf toute prise de pouvoir des Ligueurs. S'il le faut, je ferai entrer les gardes Suisses et les gardes françaises ! Bellegarde, transmettez mon décret, je vous prie : le Duc de Guise est banni de la capitale. Qu'il en soit rudement chassé si d'aventure il y pointe le bout de son nez.

Scène 4 - Catherine de Montpensier, Catherine de Clèves
13 mai 1588 (le lendemain de la "journée des barricades") Palais du Louvre, Paris, Cour de France

Catherine de Montpensier est affairée à son bureau, en train d'écrire, on frappe à la porte de son cabinet personnel. Elle ouvre.

Catherine de Montpensier
Ma chère belle-sœur ! Vous ici ? Que me vaut cette visite si inattendue ? Y aurait-il quelque malheur ? *Prenant un peu de recul et regardant mieux sa visiteuse :* mais je crois que j'ai eu tort de m'inquiéter… Vous semblez réjouie !

Catherine de Clèves
Madame, je viens vous rapporter une bien plaisante nouvelle. Vous tenez bientôt votre revanche. La Ligue entière tient sa revanche contre ce tyran de roi.

Catherine de Montpensier
Prenez place, Catherine, et racontez-moi donc…

Catherine de Clèves
A voix basse
Madame, vous aviez vu juste. Le roi avait banni votre frère pour le couper de ses amis à Paris. Il n'avait pas prévu que cela produirait l'effet inverse de ce qu'il attendait : soupçonnant le roi de vouloir malgré tout désigner Navarre comme successeur, les Parisiens se sont resserrés derrière votre frère Henri au lieu de le renier, et l'ont reconnu comme le véritable chef de la Ligue. Ils lui ont permis

d'entrer dans Paris et d'y séjourner, sans être repéré dans un premier temps.

Catherine de Montpensier
Déçue

"Dans un premier temps". Vous voulez dire que le roi a fini par le découvrir ?

Catherine de Clèves
A voix basse

Oui Madame, le roi, informé par ses mignons, a su qu'Henri lui avait désobéi. Il a pris peur, et craignant pour sa vie, a fait venir dans la capitale plusieurs bataillons des régiments de Gardes suisses et de gardes françaises, violant ainsi un privilège réservé aux troupes françaises : aucune troupe étrangère n'a normalement le droit de séjourner à Paris.

Catherine de Montpensier
A nouveau pleine d'espoir

Le roi violant un privilège pour ses intérêts ? Voilà qui a dû raviver les soupçons à son égard.

Catherine de Clèves
Élève sa voix

Bien plus que cela, Madame ! Car craignant de voir les chefs catholiques arrêtés, les esprits se sont échauffés. On m'a fait récit de cette épopée. *(Imaginant la scène)* Au bruit des tambours, les Parisiens s'alarment, ferment leurs boutiques et courent aux armes. Le peuple s'assemble en tumulte dans les faubourgs Saint-Antoine et Saint-Marcel. La présence des Suisses excite surtout la colère et devient le prétexte de la révolte. Vers le milieu du jour, sur l'avis des préparatifs qui se faisaient rue Saint-Antoine à l'hôtel de Guise et sur la place Maubert, le roi ordonne d'occuper ces points, mais il n'est plus temps. L'armée de la Ligue s'est emparée de la place Maubert. On a tendu les chaînes à travers les rues et fermé les avenues avec de grosses pièces de bois et des barriques remplies de fumier et de terre. Crillon, repoussé de ce côté, veut rétrograder et se frayer un passage le long de la rive gauche de la Seine ; le chemin lui est barré par Charles de Cossé à la tête des habitants du faubourg Saint-Germain. Les Gardes restent engagés entre les ponts sans pouvoir faire un mouvement ; l'émeute est triomphante. Henri, voyant alors les choses au point où il les voulait, sort de son hôtel à cheval, une simple baguette à la main, calme comme par magie la sédition et fait reconduire les Gardes au Louvre par le comte de Cossé, mais à rangs rompus, la tête nue et les armes renversées. Telle fut la journée du 12 mai 1588, qu'on appelle déjà dans tout Paris *"la journée des barricades"*.

Catherine de Montpensier
Enjouée
"La journée des barricades", un bien joli nom pour une juste victoire des fidèles ! Mon frère, votre mari, a donc pris possession de Paris. Mais, chère Catherine, ne nous réjouissons pas trop vite: le roi ne s'en laissera pas compter si facilement…

Catherine de Clèves
Enjouée à son tour
Je me demande bien par quel biais il pourrait se rétablir, à l'heure actuelle, dans son pouvoir : le sieur Achille de Harlay, premier président du parlement de Paris, un de ses rares appuis, s'opposant vainement à votre frère, a été embastillé. Sans cet élément incontournable, comment faire valider un décret ? Et il y a plus beau, encore, ma chère belle-sœur.

Catherine de Montpensier
De grâce, ne me faites pas languir…

Catherine de Clèves

Le roi, Catherine, le roi a quitté secrètement Paris. Quittant la capitale par la Porte Neuve, il a passé la Seine à Saint-Cloud. Il se dit qu'il passera la nuit à Rambouillet et partira vers Chartres dès demain. Les gardes françaises rejoindront bientôt le roi. *Elle s'arrête, voyant Catherine de Montpensier se saisir d'une paire de ciseaux.* Grand Dieu, ma sœur, que faites-vous soudain avec ce ciseau ?

Catherine de Montpensier
Déterminée

Rien de fâcheux, bien au contraire, réjouissons-nous. Je me prépare à tondre la tête de ce roi de pacotille, héritier d'une famille de tyrans malades, et à couronner quelqu'un qui saura, bien mieux que lui, mener ce pays. Fêtons la fin des Valois, Madame. *Elle soulève la main de sa belle-sœur.* Et préparez-vous à devenir reine.

Scène 5 - Henri III, Roger de Bellegarde
Château de Blois

Henri III
Un peu en colère et méfiant, s'adressant à Bellegarde avant l'arrivée d'Henri de Guise

Écoutez bien, Bellegarde, ce qui va suivre et dites-moi après cet entretien quelle impression il vous aura donné. Je vois venir le bougre, et ce qu'il va me présenter. Vous me direz si j'ai raison.

Bellegarde

Sire, que pensez-vous qu'il cherche à vous imposer ? Après votre sortie de Paris, et alors que vous aviez élu domicile à Chartres, le duc de Guise s'est allié à la Reine mère pour vous prier de revenir. C'est donc qu'il n'avait pas d'intention coupable vis-à-vis du trône.

Henri III
Entre irritation et moquerie

Bellegarde, vous êtes bien trop confiant. Un Guise reste un Guise, résolument issu de la puissante maison de Lorraine et de la branche des Orléans. Étant également mon cousin, au même titre que Navarre, et de surcroît catholique, il a toutes les cartes en main pour prétendre au pouvoir suprême.

Bellegarde
Cherche à apaiser le roi

Majesté, je vous prie, dans l'intérêt de votre bien être aussi bien que pour celui de notre pays, de ne point vous laisser abuser et irriter par les querelles anciennes de vos aïeux rivaux. Écoutons peut-être ce que le duc de Guise veut vous proposer. Ce pourrait être un échange de bons procédés. Le voilà justement...

Henri de Guise entre

Scène 6 - Henri III, Roger de Bellegarde, Henri de Guise

Henri de Guise
Entrant seul et avec assurance, manifestement bienveillant

Sire, mon cousin, veuillez accepter mes respects les plus sincères. Monsieur de Bellegarde, je vous salue également.

Henri III
Entre irritation et défiance

Vous voici donc, mon cousin. De grâce, ne me saluez pas aussi bas. Il ne doit point y avoir de cérémonie entre rois.

Henri de Guise
Surpris

Plaît-il, Majesté ? Je ne suis point roi. Que me vaut cette moquerie?

Henri III
Avec moquerie

Mon cousin, point de fausse modestie. Vous êtes, depuis le 12 mai dernier, roi de Paris, dont vous êtes devenu maître. Sans couronne, certes, mais vous régnez sur la capitale. Comment imaginer un autre titre ? D'autant que vous venez seul, c'est dire votre assurance pour venir m'imposer votre domination sur le pays.

Henri de Guise
Cherche à le rassurer

Sire, mon cousin, ne pensez-vous pas que si ma volonté avait été de m'emparer du pays, j'aurais saisi cette occasion bien plus tôt, au sortir de la journée des barricades ?

Henri III
Le narguant un peu

Que ne l'avez-vous fait ? Il se pourrait que ce fusse la seule opportunité que vous aviez…

Henri de Guise
Ironique

Mais quel roi serais-je, Sire, si j'avais profité d'une insurrection pour tenter de vous arracher des mains un pouvoir qui vous appartient de toutes les manières, à vous, mon presque frère, et que je peux obtenir par les voies légales et légitimes, au regard de notre aïeul commun, Louis le douzième ? Par ailleurs, quelle incohérence aurait été la mienne si tel avait été le cas, alors que je vous ai prié, avec madame votre mère, de revenir à Paris ? Cousin, si vous ne parvenez pas à vous convaincre de tout cela, accordez-moi au moins le bénéfice du doute et veuillez écouter ce que j'ai à vous demander. Je viens ici pour autre cause…

Henri III
Suspicieux

Soit, mon cousin. Je vous écoute.

Henri de Guise
Enjoué, mais reste bienveillant

Sire, pour parler bien franc, la Ligue, bon nombre de Français catholique, et surtout les Parisiens craignent un changement de position de votre part quant aux protestants, et ce particulièrement en apprenant que vous m'aviez interdit d'entrer dans Paris et à partir du moment où vous avez fait entrer une légion étrangère, la garde Suisse, dans la capitale. Ils craignent que vous nommiez à nouveau Navarre comme successeur.

Henri III

C'est une absurdité. N'ai-je point signé avec vous le traité de Nemours, qui écarte Navarre du trône, et, de façon plus générale, les protestants du pouvoir ?

Henri de Guise

Majesté, croyez bien que j'ai cherché par tous les moyens à apaiser mes pairs, soulignant même que vous étiez depuis ce traité en guerre contre votre cousin protestant, et que de ce fait vous ne pouviez-vous y rallier. Hélas, rien n'y fait, les membres de ma maison aussi bien que ceux de la ligue exigent de nouvelles garanties.

Henri III
Lassé

En finira-t-on un jour avec les frayeurs de la Maison de Lorraine et des chefs catholiques ? Et n'est-ce pas une nouvelle supercherie pour obtenir de notre part de nouveaux avantages qui affaibliront encore plus l'influence de la maison de France ?

Henri de Guise
Se voulant rassurant

Non pas affaiblir votre influence, Sire, mais au contraire : l'agrandir. En me nommant Lieutenant Général de vos armées, vous auriez l'assurance d'avoir à vos côtés les guerriers catholiques les plus fervents et les plus inconditionnels défenseurs des ambitions de votre royaume. Ces soldats, vous le savez, me sont totalement dévoués. Vous feriez, sans avoir à verser un sou, l'acquisition d'une armée solide et nombreuse.

Henri III
Méfiant

Ce serait, mon cousin, m'ôter le pouvoir sur ma propre armée, et cesser d'être décisionnaire des actions de conquête.

Henri de Guise

Bien au contraire, Sire, puisque je reste votre sujet dévoué. Je serai à vos ordres. Mieux : je serai votre conseiller fidèle et désintéressé.

Henri III
Méfiant

Je vais y réfléchir. Avez-vous d'autres requêtes susceptibles d'apaiser les inquiétudes catholiques ?

Henri de Guise

En effet. Nous souhaiterions que vous réaffirmiez, par ce traité, votre volonté d'écarter pour votre succession les Bourbons, au profit de la maison de Guise, qui, vous le savez, a autant de droits sur le trône que les Navarre vos autres cousins, mais qui présente cet avantage d'être fidèle au culte de l'église catholique, apostolique et romaine.

Henri III
Moqueur

Et que gagnerait la couronne de France ? L'éternelle gratitude de la maison d'Orléans-Lorraine-Guise ?

Henri de Guise
Affirmatif

Bien plus que cela, Majesté. Au lieu de vous acculer, la Couronne d'Espagne, défenderesse de la foi catholique, deviendra votre alliée. Que rêver de mieux que l'invincible Armada à vos côtés ? Henri de Navarre, qui vous fait la guerre, n'aura plus qu'à se taire...

Henri III
Fait mine d'acquiescer

Mon cousin, je me dois de me raviser : vous faîtes un fameux conseiller. Y a-t-il autre chose pour la totale satisfaction de la Ligue?

Henri de Guise

En effet, Majesté. Je ne pourrai utilement vous conseiller si vos mignons, opposés à la Ligue, continuent de vous seconder. Sans remettre en question les titres que vous leur avez accordés, les garder à vos côtés pourrait être un obstacle à l'agrandissement et au renforcement de votre royaume.

Henri III

Me séparer de mes plus fidèles conseillers et chefs d'armées ? Quelle extravagance, mon cousin ! Et pour quel bénéfice ?

Henri de Guise

Mon cousin, je n'ai pas encore eu le temps de vous exposer toutes les opportunités qui s'offrent à vous. La couronne de France a de bonnes raisons d'avoir des visées sur l'Ecosse, qui a perdu sa reine il y a quelques mois.

Henri III
Rêveur et regardant au loin

Marie Stuart. Reine d'Ecosse, nièce de François de Guise...

Henri de Guise

Ma cousine, oui. Et fervente catholique que la reine Elisabeth la première a fait exécuter. Non contente de créer ce précédent, elle a refusé les propositions de Mariage de Philippe II, qui veut la renverser et faire de l'Angleterre un nouveau pan de son royaume. Si vous alliez vos forces avec celles du roi d'Espagne, l'Ecosse, redevenant catholique de gré ou de force, reviendra sous le giron de la couronne de France.

Henri III
Hoche la tête

Soit. Vous m'avez convaincu, mon cousin. Allons donc signer cet édit d'Union, puisque tout est dans notre intérêt commun. Faites-moi cependant le plaisir d'inviter votre sœur, la duchesse de Montpensier, à tenir sa langue, dorénavant, et à calmer son ressentiment. Toutes ces méchancetés que sur mon compte elle répand sont intolérables.

Henri de Guise
Conciliant

Ma sœur ne s'inquiète, en réalité, que du devenir de l'influence catholique en notre pays. En signant le traité, vous gagnerez son entière coopération et son indéfectible amitié.

Scène 7 - Henri III, Catherine de Médicis, Bellegarde
Château de Blois

Catherine de Médicis
Surprise en voyant le roi faire les cent pas dans son cabinet

Eh bien Henri, je vous trouve bien nerveux. Y aurait-il quelque fâcheux ?

Henri III
Hochant la tête

Ma bien-aimée mère, parlons plutôt d'une fâcheuse. Vous avez appris qu'à la fin du mois de juillet dernier, et contre toute attente, Elisabeth la première a bouté Philippe II, roi d'Espagne, hors de ses rivages et l'a ainsi empêché d'envahir l'Angleterre, à grand renforts de brûlots. L'Armada espagnole a été repoussée en mer du Nord. On raconte que seule la moitié de la flotte espagnole a pu rentrer en Espagne.

Catherine de Médicis
Ainsi l'Armada n'est pas si invincible qu'on le croyait. Et je devine qu'avoir un allié dont la force et l'emprise sont fragilisées aux yeux de toute l'Europe par la résistance d'une femme n'est plus aussi certain que nous le croyions.

Henri III
Avoir pour alliée l'armée Espagnole n'est en effet plus aussi sûr que ce qu'a bien voulu nous faire miroiter Henri de Guise en nous faisant signer l'Édit d'Union. C'est un fait. Mais, il y a pire : la reine d'Angleterre, et, avec elle, l'influence des protestants se renforce : les Écossais, mais aussi les Hollandais, dont elle a soutenu la révolte contre le roi d'Espagne, et plus récemment... *(Il soupire profondément).* Et plus récemment elle a proposé son soutien à notre cousin de Navarre, Henri.

Catherine de Médicis
Si Elisabeth prête son armée à Navarre déjà puissant, à eux deux ils surpassent l'armée mobilisée par la Ligue et nous mettront en difficulté. Vous n'avez plus le choix, Henri, vous devez trouver le moyen de neutraliser les Guise et leur influence. Leurs desseins sont clairs : ils veulent par tous les moyens rapprocher leur maison et la nôtre. Déjà, à l'époque, Guise voulait épouser Margot. Ce projet n'a échoué que parce que je m'y suis opposé, préférant donner la main de votre sœur à un Navarre, pour instaurer la paix entre catholiques et protestants. Je vous le dis, mon très cher fils :

mieux vaut sur le trône un Bourbon qu'un Guise, qui n'aura de cesse que d'entretenir la haine entre les deux cultes.

Henri III
Mais comment faire ? Je ne peux révoquer l'Édit d'Union, ni revenir sur ces termes. Je donnerais ainsi raison à la Montpensier et à toutes ses calomnies. Je n'ai pas d'autre choix que de me tourner vers des solutions radicales.

Catherine de Médicis
Résolue et ferme
Henri, mon fils, j'ignore ce que vous avez en tête, mais gardez-vous de porter, directement ou indirectement, atteinte à l'intégrité des Guise. Ils passeraient pour des martyrs et votre décision pourrait se retourner contre vous. Réfléchissez bien et vous saurez quoi faire…

Scène 8 - Catherine de Montpensier, Catherine de Clèves, Henri de Guise
Entretemps : le roi convoque Henri de Guise aux États-Généraux à Blois. Henri de Guise décide de s'y rendre, malgré de nombreuses mises en garde de la part de ses proches et amis, qui craignent pour sa vie.

Catherine de Clèves
Henri, mon époux, vous voilà enfin !

Henri de Guise
Catherine, ma mie, je vous trouve bien tourmentée !

Catherine de Montpensier
S'avançant peu à peu vers le couple
Mon frère, nous avons appris il y a peu que le roi vous convoquait aux États Généraux à Blois. Nous sommes venues vous demander de ne pas y aller.

Henri de Guise
Calme
Et en foi de quoi, ma sœur, je vous prie ?

Catherine de Clèves
Nous appréhendons quelque piège qui vous serait tendu.

Henri de Guise
Quoi donc, un piège ? Mais qui vous a mis, mesdames, cette idée dans la tête ?

Catherine de Montpensier
Nombreux de vos amis, et parmi eux, les mieux informés, sont venus nous alerter. La réunion des États Généraux n'est qu'un prétexte. Rien ne vous oblige à vous y rendre.

Henri de Guise
Rien ne m'y oblige ? Ma sœur, auriez-vous oublié l'accord que nous avons fait signer au roi, et qui me nomme Lieutenant-Général du Royaume ? A quoi rimerait une réunion des États Généraux sans le Lieutenant Général, de surcroît conseiller du roi ? D'autant que les circonstances sont justifiées, étant donné la menace que représente l'expansion des protestants, et la probable alliance entre l'Angleterre et les Huguenots Français... Même si l'armée française, renforcée par la ligue, surpasse celle des huguenots, nous devons anticiper toutes les attaques, et le roi m'a simplement convoqué à cet effet ! Que croyez-vous qui puisse se passer d'autre?

Catherine de Clèves
Enlace son époux
Henri, vous connaissez vos amis, ils vous sont fidèles et ne parlent jamais en l'air. On raconte que le roi... *(Elle s'interrompt, sanglotant)*, on raconte que le roi veut vous faire assassiner.

Henri de Guise
Rit

Me faire assassiner ? Rien que cela ? Voyons, ma douce ! Il n'oserait ! M'assassiner reviendrait à se mettre à dos toute la Ligue et même les catholiques les plus modérés. Non, croyez-moi : le roi est acculé par la croissance de l'influence des protestants et de la Reine d'Angleterre. Il veut réagir contre cela et me l'a expressément expliqué. Il n'y a aucun risque pour moi. Et par ailleurs, j'ai d'excellentes raisons de penser qu'il va enfin me nommer connétable en cette occasion.

Catherine de Montpensier
Prend Henri de Guise par les épaules

Il n'est rien de plus dangereux, mon frère, qu'un homme de son espèce lorsqu'il est acculé. Je vous en conjure, sous aucun prétexte ne déférez à cette convocation. Nous avons trop peur de ne pas vous voir revenir.

Henri de Guise
Cherche à la rassurer

Ma sœur, vous êtes d'une pertinence et d'une lucidité dont j'admire bien souvent les vertus, et vous avez ma gratitude éternelle pour votre indéfectible soutien. Pour autant, cette fois, je ne peux vous écouter, ne partageant pas vos soupçons. Allons, soyez tranquille. Je vous raconterai bientôt comment nous aurons décidé, le roi et moi, de mettre en échec les huguenots français et la reine d'Angleterre.

Scène 9 - Henri III, Catherine de Médicis
Le roi au chevet de Catherine de Médicis, très malade

Catherine de Médicis

Alors, mon fils, où en êtes-vous dans le rétablissement de la Couronne ?

Henri III
Mère, j'ai procédé comme vous me l'avez dit. J'ai réfléchi et ai trouvé la seule solution qui s'imposait. J'ai neutralisé les Guise.

Catherine de Médicis
Racontez-moi un peu, comment avez-vous procédé ?

Henri III
Retrouve l'excitation du moment
Préalablement à la grande réunion des États-généraux, j'avais pris soin de faire modifier l'architecture du château, de sorte que Henri ne puisse emprunter qu'un seul itinéraire possible, pour arriver jusqu'à mon cabinet vieux. Quand il est arrivé, j'ai fait en sorte qu'il soit isolé, et ne puisse venir que seul, sans un autre notable et sans pouvoir rencontrer qui que ce soit sur son chemin. Je l'ai fait même isoler de son écuyer, qui n'a compris le piège que tardivement. Quand Guise a pris le chemin pour venir jusqu'à moi, il s'est retrouvé face à huit de mes fidèles "Quarante-cinq". Voulant rebrousser chemin, il s'est heurté au restant de la troupe. Il s'est battu courageusement et en a même blessé quatre d'entre eux. Mais que pouvait même un de Guise, contre ma garde personnelle, tous de fines lames ? Ils l'ont transpercé de leur épée.

Catherine de Médicis
Grands Dieux, mon fils ! Vous avez fait occire votre cousin ? Mais quelle idée avez-vous eue ? (Elle se met à pleurer). Mon dieu, pauvre Henri. Il ne méritait pas cela... Je vous avais pourtant recommandé de ne pas le blesser. Cela voulait dire également, et avant tout : ne pas le tuer.

Henri III
Déconfit
Malheureusement, ce qui a suivi a montré que j'ai pris la bonne décision. Quand il a expiré, nous l'avons fouillé et avons trouvé sur

lui un curieux billet : il y était écrit « *Pour entretenir la guerre en France, il faut sept cent mille écus, tous les mois* ».

Catherine de Médicis
Se reprend

Ce qui confirme que Guise avait bien l'intention de faire perdurer les guerres de religion, et se mobilisait pour trouver les fonds nécessaires. Et Louis ?

Henri III
Se lève, déterminé

Entendant les appels de détresse de son frère, le cardinal de Lorraine s'est précipité dans mes appartements. Mais hélas pour lui, ma garde était encore alerte. Il fut arrêté, Mère, puis exécuté, dès le lendemain.

Catherine de Médicis

Qu'est-ce qui vous a pris, Henri ? Et les corps ? Qu'en avez-vous fait ?

Henri III
Marchant dans la pièce, puis, à mesure, venant se rasseoir près de Catherine de Médicis

Ce qu'il m'a pris ? Ce fat de cardinal a commis l'effronterie, en présence de certains de mes sujets, de porter un toast en regardant son frère et en s'exclamant *"je bois à la santé du roi de France"*. C'est un de leur valet qui m'a fait apporter la nouvelle. Il était clair qu'il se préparait quelque chose.

Quant au corps de Guise, il a été confié au grand prévôt de France, François de Richelieu. Sur mon commandement, il l'a fait dépecer par le bourreau puis brûler à la chaux vive avant que ses cendres ne soient dispersées dans la Loire. Les cendres de son frère ont été, elles, dispersées dans la rivière.

Catherine de Médicis
Requinquée
De la famille aussi, il faudra vous occuper.

Henri III
Prenant les mains de Catherine de Médicis
J'y ai pensé, mère. Le même jour, mes gardes ont arrêté sa mère, Anne d'Este, et son fils Charles. Le but étant de les surveiller. Je réserve à la boiteuse et à la veuve de Guise la même surveillance étroite. Cette dernière a été retirée de la garde rapprochée de mon épouse, par précaution.

Catherine de Médicis
C'est bien taillé, mon fils, à présent il faut recoudre.

Scène 10 - Catherine de Montpensier, Catherine de Clèves
Les deux femmes, en habit de deuil, viennent d'achever une cérémonie commémorative pour les deux frères martyrs. Abattues mais néanmoins en colère, elles rêvent de vengeance.

Catherine de Clèves
Les derniers convives sont partis. Ils furent nombreux, vous l'avez vu, à se joindre à nous pour cette cérémonie funèbre. Enfin… Peut-on parler ainsi de cérémonie funèbre, quand on célèbre des personnes sans que leur corps ne soit présent ? Peut-on imaginer plus improbable ? Plus atroce ? Vous ne dites mot, ma sœur, et je sais votre souffrance. Mais je vous connais, et je devine vos desseins. Je les fais miens. Et quoi que vous entrepreniez, je serai à vos côtés, ainsi que votre mère… et votre dernier frère.

Catherine de Montpensier
Hagarde, pensive

Tout ce que j'avais de plus beau, le roi me l'a pris. Ma jeunesse, tout d'abord, en me mariant à un Bourbon de 40 ans mon aîné. Ma dignité ensuite, en se moquant à qui voulait bien l'entendre de ma boiterie. Mon pauvre Henri, un frère que je chérissais et admirais plus que tout, un ami loyal et aimé de tous, un chef des armées respecté car respectant et valorisant le plus humble des soldats…Qui pourrait aujourd'hui se vanter de cette qualité-là ? Ses manières agréables, son affectueuse domination. Et Louis, qui jour après jour m'éblouissait par sa foi, sa douce miséricorde, son indulgence face à mes colères. Se joindrait-il à moi pour maudire ce Valois, cet être méprisable, traître jusqu'à la moelle. Comment a-t-il osé assassiner deux hommes de la manière la plus vile qui soit, et nous priver, en les faisant brûler, de dignes et tendres adieux ?

Catherine de Clèves
Met une main sur l'épaule de Catherine de Montpensier

Que comptez-vous faire, ma sœur ?

Catherine de Montpensier
Se retourne

Je ne sais pour le moment. Il nous reste Charles, mon dernier frère. Je jure de le placer sur le trône. Il doit bloquer et vaincre Navarre, et se résoudre à régner. Enfin la France connaîtra la loyauté et la paix de la maison des Guise. Cependant, il reste un dernier obstacle à écarter.

Catherine de Clèves
La suivant de près

Le roi, oui. S'il n'a pas commis cet assassinat de ses mains, il ne fait aucun doute qu'il en avait donné l'ordre. Oh non, je le sais bien, personne parmi ses proches ou valets ne le dénoncera, mais tous, en ce pays, connaissent la vérité. Notre Sainte ligue tout d'abord, mais aussi le pape, qui l'a convoqué. Rassemblons les prêtres, les prêcheurs, qu'ils soient de la colère de Dieu les plus fidèles messagers auprès du peuple. Que nulle part ce souverain de pacotille ne sache où aller, sans que son double crime ne lui soit rappelé. Multiplier les pamphlets, même. Il est plus vulnérable que jamais, à présent que la Reine mère n'est plus…De mon côté, pour avoir côtoyé de près trois reines, je sais à qui m'adresser pour être bien renseignée sur les projets du roi. Projets que j'aurai bien du plaisir à faire échouer. A chaque fois, et aussi longtemps qu'il vivra, il ne connaîtra plus qu'une seule et même amertume : celle de la défaite.

Catherine de Montpensier
Les yeux dans le vide
Je ne m'en tiendrai pas là, ma sœur. Il se trouve que j'ai en tête un projet qui va bien plus loin.

Catherine de Clèves
Se retourne, surprise
Un projet ? Qui va plus loin encore que la propagande ? Et quel est-il ?

Catherine de Montpensier
Je vous le dirai bientôt, quand j'en saurai plus. J'ai rencontré ces jours derniers un seigneur du village de Serbonnes, qui se trouve dans le pays de Sens. Il m'a demandé audience, tantôt, me laissant entendre qu'il aurait quelqu'un d'intéressant à me présenter. Il attend dans l'antichambre. Laissons-le parler, et écoutons-le attentivement, mais, surtout ma sœur, ne dévoilons rien de nos projets qu'il ne puisse deviner. Nous ignorons de quel bois il est fait. Quant aux relations que vous vous êtes construites, gardez-les bien au chaud. Il se pourrait qu'elles nous soient bien plus utiles que vous ne le pensez…
Quelqu'un frappe à la porte, Catherine de Montpensier part ouvrir

Scène 11 - *Catherine de Montpensier, Catherine de Clèves, Mathieu de Brunel*

Catherine de Montpensier
Seigneur de Brunel, soyez le bienvenu.

Mathieu de Brunel
Mes hommages Mesdames. Je n'ai pas voulu vous importuner tantôt, vous étiez si entourées, mais soyez assurées de ma profonde compassion et sur le fait que je partage votre douleur.

Catherine de Clèves
Nous aurions bien voulu, Monsieur, vous rencontrer en d'autres circonstances. Veuillez cependant recevoir toute notre gratitude pour votre élan solidaire.

Mathieu de Brunel
Madame, solidaire, mon cœur l'est, en effet, vous ignorez à quel point. Je sais votre combat pour la foi catholique, et suis venu vous prêter allégeance, à vous et à la Sainte Ligue. Si jusqu'ici je suis resté discret, retiré dans mon village d'à peine 500 âmes, vos idéaux sont devenus miens. Je souhaite être des vôtres. Imposer à tous la foi catholique, est désormais, aussi, mon combat. Pour vous montrer ma sincérité, je me propose de vous faire connaître un saint homme, enfant de mon village, martyr de la tyrannie des Valois et des Condés protestants, sauvé de justesse de son triste destin d'orphelin de laboureur, devenu jacobin par quelque faveur. Il parle sans cesse d'éliminer tous les hérétiques et embrasse de toute son âme la Sainte Ligue.

Catherine de Montpensier
Martyr des Valois et des Condé ? Par quel mystère ?

Mathieu de Brunel
Il se dit dans le village que son père aurait été assassiné par l'un des autres seigneurs de Serbonnes, Monsieur de Tourneboeuf. D'abord condamné par ses pairs, Tourneboeuf aurait été gracié par le roi Henri II, père du présent. En compensation, la mère aurait reçu des indemnités financières payées par le criminel et le fils une éducation religieuse, entre autres matières principales. Une partie de sa famille, par ailleurs, aurait fait partie des nombreuses victimes du massacre de Courlon, le village d'à côté, par Louis de Condé en 1567, ce prince s'étant offensé de se voir refuser l'entrée du village par la muraille que les Courlonnais avaient construite. Paysans, artisans, commerçants, prêtres, rien ne fut épargné parmi les braves résistants au protestant Condé.

Catherine de Montpensier
Affreuse histoire, je vous l'avoue. Quelle douleur a dû être la sienne ! A mon tour de me sentir solidaire ! Il est devenu jacobin, dites-vous ? En quel couvent ?

Mathieu de Brunel
Celui de Sens, Madame. J'ai ouïe dire qu'il faisait partie des élèves les plus prometteurs, et dont les études devraient être plus poussées. On le dit éloquent. Un pas de plus dans sa connaissance en théologie pourrait l'aider à grandir encore plus, et devenir l'un des prêcheurs les plus convaincants de l'Église catholique...

Catherine de Montpensier
Pensive
C'est bien... intéressant, j'en conviens. La Ligue a à cœur de soutenir les efforts et la foi des plus fervents catholiques. Il se pourrait qu'au couvent de Paris je puisse le faire entrer. Mes appuis sont nombreux. En servant sa cause, je servirai celle de l'Église dans le même temps. Monsieur de Brunel, présentez-moi ce jeune moine.

Mathieu de Brunel

Il en sera fait selon votre désir, et dans les meilleurs délais, Madame.

Mathieu de Brunel s'incline et sort

Catherine de Montpensier
Pensive

Demandez et il vous sera donné…

RIDEAU

Acte 3 : La revanche des Guise

Scène 1 - Jacques Clément, seul
Le jeune moine, seul, la nuit, dans sa chambre, en plein rêve, se tourne et se retourne dans son lit. En entendant des voix, il parle à ses "fantômes".

Une voix masculine
Comme un coup de vent

Marche faire ce coup-là...

Jacques Clément
Agité sur son lit

Papa ?

Une voix féminine
Comme un coup de vent

C'est toi l'élu, mon fils !

Jacques Clément
Agité sur son lit

Maman ?

La voix masculine
Souviens-toi de ce que les Valois nous ont fait...

Jacques Clément
Comment pourrais-je l'oublier ?

La voix féminine
Pense à ton père dont l'assassin a été gracié par les Valois, pense à ta mère, qui t'a élevé seule. Pense à tes oncles, à tes tantes, qui ont péri à Courlon.

Jacques Clément
Courlon ? Le massacre. Les huguenots, ces hérétiques ! Ces diables d'hérétiques !

La voix masculine
Tu es le seul à pouvoir délivrer ton pays de la tyrannie des Valois. Sans ton intervention, ton pays sera toujours prisonnier de leurs hésitations, des huguenots. Délivre ton pays. Fais ce que dois. Tu es l'élu. Marche faire ce coup-là!

La voix féminine
De quoi as-tu peur ? Tu vaux bien mieux que ce que les gens pensent de toi. Laisse-les croire ce qu'ils veulent, et poursuis ton chemin. De quoi as-tu peur ?

Jacques Clément
La torture ! L'écartèlement ! Tiré à quatre chevaux ! Non, je ne veux pas !

La voix féminine
Jacques, garde ton sang froid ! Oui tu seras arrêté, aussitôt ton but atteint. Oui tu seras condamné, torturé, écartelé. Mais sache que tu n'en ressentiras aucune douleur. Seuls les criminels ont mal. Toi, tu seras le sauveur ! Marche faire ce coup-là !

La voix masculine
"Capitaine Clément", tu es bien plus que le torche écuelle que tous croient incapable d'être un héros. Tu es capable de sauver ton pays, et tu le feras. Fais confiance aux personnes qui t'aideront et te guideront dans ta mission. Ce seront de fidèles catholiques. C'est bien ton devoir d'aller à Saint-Cloud et de frapper le roi. Tu auras tout ce qu'il faut. Marche faire ce coup-là.

La voix féminine
Marche faire ce coup-là...

La voix masculine
Marche faire ce coup-là...

Jacques Clément
S'éveille en sursaut. Se dirige vers le crucifix, cloué sur le mur à côté de son lit.

Capitaine Clément ! Oui, oui ! ils auront beau me railler, j'irai jusqu'au bout de ma mission, et je ne crains plus le châtiment réservé aux régicides, puisque je n'en ressentirai aucune douleur. Ah ! ils se sont moqués de moi ! Ah, ils me croient tous trop benêt pour aller jusqu'au bout de mes projets. Mais je leur montrerai ce qu'il en coûte de mépriser les gens les plus discrets. Je leur ferai payer de trop se fier aux apparences, et de n'accorder d'importance qu'à la grandiloquence ! Je le reconnais : je fus étourdi de leur confier mes projets, et de croire qu'ils se joindraient à moi. Mais ce qu'ils ne savent pas, c'est que je suis capable de changer de tactique. A cela ils ne s'attendent pas. Je ne dirai plus rien de ma mission. Je n'en parlerai plus qu'à ceux qui pourront et voudront me guider. Mais je prendrai des garanties avant de parler. Mon Dieu, je t'en conjure : accepte de me guider vers les bonnes personnes, aide-moi à accomplir la mission pour laquelle tu m'as désigné. S'il est vrai que je suis l'élu, montre-le-moi, par tous les signes que tu voudras. Et je m'exécuterai en toute confiance, sans aucune peur de ce qui pourra m'arriver ensuite. Je suis prêt. Montre-moi le chemin !

Scène 2 - *Mathieu de Brunel, Marguerite de Bronze : Divergences d'opinions*

Au château du Petit Varennes, Serbonnes

Un soir, alors que Marguerite est occupée à se brosser les cheveux avant le coucher.

Mathieu de Brunel
Marche de long en large
Je ne comprends pas, Madame...

Marguerite de Bronze
Un air pincé
Et que ne comprenez-vous pas, mon cher époux ?

Mathieu de Brunel
Cette attitude de plus en plus froide à mon égard...

Marguerite de Bronze
Ironique
Vraiment, cela vous étonne ?

Mathieu de Brunel
Si au moins vous m'exposiez vos griefs !

Marguerite de Bronze
Mon cher mari, vous êtes un homme brillant. En creusant un peu, vous devriez trouver et comprendre la raison de ma distance... ou plutôt LES raisons...

Mathieu de Brunel
S'arrête de marcher
Vous allez lasser ma patience, Marguerite !

Marguerite de Bronze
Se lève face à Mathieu de Brunel

Soit ! J'ai bien des choses à vous reprocher. La première est l'entrée récente, dans votre cercle de relations, de personnes qui ne me plaisent guère, que vous avez invitées dans notre maison sans même requérir mon opinion, et qui, il me semble, ne vous apporteront rien de bon. Des personnes qui non seulement s'opposent au roi, ce que je trouve déjà dangereux, mais en plus qui vous influencent de façon telle que, mon cher époux, vous perdez peu à peu votre modération légendaire.

Mathieu de Brunel

Madame, les gens dont vous parlez sont des catholiques très engagés. Quelles méchantes intentions pourraient-ils bien avoir ?

Marguerite de Bronze

Des intentions, qui, justement, n'ont rien de catholique. Il se dit dans tout le royaume que les personnes qui vous ont récemment reçues et vivent en ce moment près de nous cherchent à venger la mort de deux des membres de leur famille. Sur l'un de ces deux défunts a été trouvé un billet bien étrange, qui quantifiait la somme nécessaire pour faire perdurer les guerres de religion. Ce qui démontre avec éloquence le peu de valeur qu'ils attachent à la vie humaine. Et tout cela pour voir une religion dominer le monde sans souffrir l'existence d'une autre.

Mathieu de Brunel

Madame, est-ce bien Serbonnes, minuscule village d'à peine cinq cents âmes, que vous appelez "tout le royaume" ? Et que vous dire de l'éveil de toutes ces personnes qui n'ont, pour la plupart, jamais mis les pieds hors de notre village ?

Marguerite de Bronze

C'est que les nouvelles vont vite, mon cher mari, depuis Paris...

Mathieu de Brunel
Et les mensonges courent plus vite encore que la vérité. Quelle légèreté est la vôtre, Madame, de croire à tant de boniments !

Marguerite de Bronze
Mathieu ! Le seul fait que ces personnes aient demandé à voir Jacques Clément, ici, à Serbonnes, loin des regards de Paris, est criant d'évidence. Ces gens manigancent des choses horribles. Ce qui me déçoit le plus est que vous soyez de la partie. Vous qui étiez un croyant pacifiste et modéré, vous ranger du côté des gens refusant toute controverse, campés sur leur religion, les gens les plus rigides !

Mathieu de Brunel
Hausse les épaules
Les gens plus réguliers et stables dans leurs positions, vous vouliez dire ? Au moins, madame, ces gens-là sont fidèles à leurs convictions et suivent une ligne cohérente depuis des décennies... j'allais dire plus d'un siècle. Il est certain que face à un roi qui change sans arrêt d'opinion selon le sens où tourne le vent, qui accorde un jour indûment titres et terres à ses favoris et les disgracie le lendemain...

Marguerite de Bronze
Vous parliez du duc d'Épernon ? Il ne l'a disgracié qu'en apparence, et pour calmer les ardeurs de la Ligue, à laquelle le duc s'opposait.

Mathieu de Brunel
C'est bien ce que je disais : la duplicité et l'instabilité du roi se manifestent à chaque occasion. Et que dire de ses constants changements de position sur l'attitude à adopter vis-à-vis des hérétiques ! Un jour prônant la tolérance, le lendemain décrétant rejeter les huguenots et en particulier pour les hautes fonctions. Un jour signant l'édit d'Union, le lendemain prêt à se rallier aux

hérétiques sous prétexte que la Reine d'Angleterre a créé une légère brèche dans les flottes du roi d'Espagne.

Marguerite de Bronze
Lassée

… dit celui qui n'a jamais eu à gouverner un pays… Hérétiques ? C'est ainsi que vous parlez de nos voisins, nos nourrices respectives, les gens qui nous servent depuis des décennies ? Mais que vous est-il arrivé, pour que vous en veniez à parler ainsi, à vous jeter corps et âme dans les rangs de la Ligue, et à vous poser en entremetteur avec ces gens et ce pauvre fou de moine ?

Mathieu de Brunel
Hausse les épaules

Ma chère épouse, ne vous échauffez point tant, c'est mauvais dans l'état où vous vous trouvez (montrant le ventre rond de Marguerite). Quant à Jacques Clément, ce jeune moine a bien du mérite, justement ! Étudier comme il le fait, avec tant d'acharnement, garder en tête les buts qu'il s'est fixés et ne point en déroger jusqu'à ce qu'il les ait atteints, après tout ce qui lui est arrivé, après avoir grandi sans un père pour lui enseigner, quelle force d'âme ! J'admire ceux qui, bien que nés sans avantage, décident de surpasser les obstacles que leur peu de chance a mis sur leur route. Il faut être solide, pour accepter et souffrir que l'assassin de son père, qui vit dans la maison d'en face, soit libre de ses mouvements après que le roi ait jugé que le seigneur avait assez payé…

Marguerite de Bronze
Amusée

… "tandis qu'il avait été condamné à la ruine par ses semblables". L'affaire Tourneboeuf, encore ! Ce doit être au moins la centième fois que vous me la chantez, celle-là. Et d'ailleurs, quelle surprise de le voir autant étudier. Le pauvre doit certainement passer des heures à lire la même phrase pour la comprendre. On le dit sot à manger du foin….

Mathieu de Brunel
Hoche négativement la tête, les yeux dans le vide, déçu de l'attitude de sa femme.
Vous avez bonne mine de critiquer et juger tous ces gens, quand on sait le commerce peu louable que vous avez entretenu à mon insu avec la couronne. Je ne suis guère étonné de vos prises de position. Quant à Jacques Clément, comme nombre de gens bien-pensants tels que vous, qui ne sont attirés que par ceux qui brillent ou parlent haut et fort, vous vous trompez lourdement. Il est simplement étourdi.

Marguerite de Bronze
Étourdi ! Joli mot pour éviter de dire qu'il est simplement sot !
Elle sort de la pièce

Mathieu de Brunel
Songeur, il hoche encore négativement la tête,
Il ne l'est point tant…

Scène 3 - Jacques Clément, Mathieu de Brunel, la Duchesse de Montpensier, Catherine de Clèves
Mathieu de Brunel fait entrer Mmes de Montpensier et de Clèves dans la pièce du château, où se trouve déjà Jacques Clément, et les reçoit non sans veulerie.

Mathieu de Brunel
Mesdames, vous voudrez bien pardonner l'extrême simplicité de ma maison et des conditions dans lesquelles je vous reçois et que vous honorez de votre présence.

Catherine de Clèves

Seigneur de Brunel, vous plaisantez… vous avez là un château superbe, dont l'architecture et l'élégance dominent allègrement tous ceux de votre canton. C'est un plaisir pour nous de vous rendre visite, et nous prenons si peu le temps de voyager. C'était une occasion rêvée de changer un peu de décor, et, enfin, de mieux connaître ceux qui nous rejoignent dans nos idéaux.

Catherine de Montpensier
Aparté
D'autant qu'à Paris, même les murs ont des oreilles…

Mathieu de Brunel montre Jacques Clément, occupé à prier, qui se retourne en entendant prononcer son nom, et salue les visiteuses.

Mathieu de Brunel

Je me permets de vous présenter frère Jacques Clément, natif de Serbonnes, étudiant au couvent de Sens. Frère Clément, je vous présente Madame de Clèves et Madame de Montpensier, respectivement princesse et duchesse, toutes deux de la maison des Lorraine-Guise.

Catherine de Montpensier
A Mathieu de Brunel mais regardant Jacques Clément
Par pitié, messire de Brunel, ne faites point tant étalage de nos titres, vous risqueriez d'intimider votre invité, et les titres, vous le savez, ne sont qu'abstraites paperasses ! Ne sommes-nous pas tous de simples êtres humains ? Frère Clément, comme je suis heureuse de vous connaître enfin ! Le seigneur de Brunel m'a tant parlé de vous et de vos mérites !

Jacques Clément
Intimidé
Mes mérites, Madame ?

Catherine de Clèves
Il en faut énormément, jeune homme, pour avoir surmonté comme vous l'avez fait toutes les épreuves que votre maman et vous-mêmes avez subies. Grandir sans père, dans les circonstances où le vôtre a disparu, quelle injustice ! Et malgré tout vous étudiez avec acharnement et gardez votre foi en Dieu !

Jacques Clément
Rassuré
S'il m'a mis à rude épreuve, Dieu m'a donné dans le même temps le courage et la force d'accepter ce qui est et de profiter d'une instruction que ma mère n'aurait pas osé espérer obtenir pour moi autrement. Je suis tellement occupé à m'instruire, que je ne vois même plus le meurtrier de mon père passer chaque fois devant mon logis.

Catherine de Clèves
À Mme de Montpensier
Il m'a l'air très dévot, ce jeune homme, et tellement habité par la foi !

Catherine de Montpensier
À Jacques Clément
Quelle sombre histoire ! J'ai entendu parler, en effet, dans les grandes lignes, ce qui est arrivé à votre père. Et vraiment je compatis et ne peux m'expliquer comment un honnête laboureur a pu être traité de la sorte par un soi-disant seigneur, sans que celui-ci ait été condamné…

Jacques Clément
Confiant
A vrai dire, Madame, ce n'est pas tout à fait ainsi que cela s'est passé. Je vous conterai bien l'histoire, mais ne voudrais abuser ni de votre temps ni de votre bienveillante oreille.

Catherine de Clèves
Abusez, mon ami, abusez... *(se tournant vers Mathieu de Brunel)* ... si messire de Brunel y consent, naturellement.

Mathieu de Brunel
Écarte les bras
Bien évidemment ! Poursuivez, mon ami.

Jacques Clément
Il se trouve en fait, mesdames, que le seigneur qui a tué mon père a, dans un premier temps, été désavoué par ses pairs. J'étais encore un très jeune garçon quand ce drame est survenu. Aussi je ne connais que ce que ma mère a bien voulu m'en dire.
Le sieur Tourneboeuf avait argué que son honneur avait été bafoué par les propos de mon paternel, qui l'avait qualifié d'escroc, le seigneur ayant prétendu qu'au vu du poids en écus que présentait mon père pour lui payer sa dette, le compte n'y était point, et c'est pour défendre cet honneur qu'il l'avait transpercé de son épée. Mais le sieur Tourneboeuf avait la lame facile, et non content d'avoir occis mon père, il avait tué un autre homme peu de temps après, qu'il avait accusé de vouloir détourner sa fille. Le sieur Tourneboeuf a donc été condamné par ses pairs, dépossédé de ses biens et a perdu son titre de seigneur. Mais ce ne fut qu'un temps, car le roi Henri le deuxième, auprès duquel d'autres seigneurs ont plaidé la cause de Tourneboeuf, a finalement gracié le criminel, et l'a rétabli dans ses droits et possessions. Le criminel a donc rejoint son château, qui se trouve en face de ma demeure. En compensation de ce que nous pouvions ressentir comme un déni de justice, ma mère a reçu un peu d'argent et on lui a proposé de m'incorporer au couvent des Jacobins de Sens pour que je puisse y poursuivre mon instruction.

Catherine de Montpensier
C'est encore plus noir que ce que j'imaginais. Votre mère mérite bien d'être honorée de vous avoir élevé courageusement et avec tant de soins qu'elle l'a fait… Et quelle ardeur est la vôtre ! Que projetez-vous, pour votre avenir, mon jeune ami ?

Jacques Clément
Madame, je n'ai pas de vœu plus cher que celui de devenir prêtre, de propager partout la sainte foi catholique et de faire disparaître, dans ce pays, toute trace des hérétiques. Ces huguenots sont la gangrène de notre royaume !

Mathieu de Brunel
Et, il faut savoir, mesdames, que frère Jacques Clément a été, par sa ferveur catholique et son assiduité à l'étude, autant que par ses résultats, remarqué par le prieur des jacobins de Sens comme étant un élément fort prometteur. Il envisage de l'envoyer étudier à la Sorbonne, à Paris. Il ne manque plus qu'un appui pour pouvoir le recommander et voir ce projet se réaliser.

Catherine de Clèves
A Catherine de Montpensier
Décidément, il me plaît…
A Jacques Clément
Votre enthousiasme est admirable, ce ne sera pas tâche facile. Mais quelles sont vos motivations exactes contre les protestants ?

Jacques Clément
L'esprit de plus en plus échauffé
Hélas, Madame, je n'ai pas seulement perdu mon père, mais aussi une partie de ma famille à Courlon. Le village voisin du nôtre, résolument catholique, avait interdit son accès à Louis de Condé, établi à Vallery, et à tout protestant qui voudrait s'y présenter. Une muraille avait même été construite par les Courlonnais. Mais ce

prince n'a pas accepté l'interdiction qui lui avait été faite. Il a mis à feu et à sang tout le village de Courlon en 1567. Ce fut un massacre. Ma mère y a perdu toute sa famille, qui y vivait ou y travaillait. Depuis, Mesdames, je hais les huguenots, je les exècre du plus profond de mon âme.

Catherine de Montpensier
À Catherine de Clèves

Celui-là pourrait bien servir nos desseins. Tous les ingrédients sont réunis…

A Jacques Clément

Frère Clément, je constate que nous avons des ennemis communs et que nous pensons de la même manière. Je souhaite, si vous l'acceptez, vous aider à poursuivre encore plus avant vos études, et vous aider à devenir prêtre. Avez-vous entendu parler du couvent des Jacobins de Paris ?

Jacques Clément

A Paris, Madame ? Au couvent des Jacobins ?

Catherine de Montpensier

Oui, mon ami, celui qui se situe dans la rue Saint-Jacques ! Vous y serez guidé avec bienveillance et sérieux par des religieux qui sont de notre sensibilité. Si bien sûr vous acceptez, ce à quoi je ne peux vous obliger…

Jacques Clément

Rue Saint-Jacques ! Ciel, quel heureux présage ! Ma voie est illuminée par le divin ! Mais madame, comment exiger de vous pareil service ? Qu'ai-je fait pour mériter pareille faveur, et surtout, en suis-je digne ?

Catherine de Clèves

Quelle raison auriez-vous d'en douter ? …

Jacques Clément
Joint les mains devant sa poitrine
Pour être ordonné prêtre, ne faut-il point être irréprochable ?

Catherine de Montpensier
Qui l'est véritablement, de nos jours ? Et le divin est miséricordieux. Il nous pardonne nos péchés… Mais de quel crime vous accusez-vous ? Avez-vous quelque aventure féminine en vue?

Jacques Clément
Aventure féminine ? Ciel, madame, non, point de luxure : j'ai pris un engagement envers Dieu. Mais il est une aventure dont j'ai été le témoin, qui me met fort mal à l'aise et dont je ne saurais me confier.
Catherine de Montpensier adresse un regard appuyé à Catherine de Clèves, qui comprend aussitôt et prend Mathieu de Brunel par le bras.

Catherine de Clèves
À Mathieu de Brunel
Votre gentil moine a l'air bien ennuyé. Il serait certainement plus enclin à se soulager de son fardeau hors de notre présence, Monsieur de Brunel. Consentiriez-vous à me faire visiter votre délicieux château et me présenter votre charmante jeune épouse ?

Mathieu de Brunel
Mais avec grand plaisir, Madame ! (*Il lui propose son bras*). Je vous en prie !

Ils sortent

Scène 4 - *Catherine de Montpensier, Jacques Clément.*
Catherine de Clèves et Mathieu de Brunel sortis, Catherine de Montpensier contemple avec calme le moine, qui marche nerveusement de long en large, cherchant la bonne décision à prendre.

Catherine de Montpensier
Est-ce précisément cette aventure qui fait obstacle à ce que vous acceptiez une main tendue, mon jeune ami ?

Jacques Clément
Les mains derrière le dos,
Précisément, madame. Une affaire que je devrais plutôt confier à un homme de Dieu, mais dont je crains le jugement. Ce serait bien mal commencer mon séjour au couvent de la rue Saint-Jacques. Et pourtant, cet homme m'a demandé mon opinion, il attend ma réponse et je ne sais que lui répondre autrement que ce qu'un prêtre est censé faire : obéir aux commandements de Dieu et le défendre d'aller jusqu'au bout de ses projets.

Catherine de Montpensier
Loin de moi l'idée de vous forcer à vous confier... *(Marquant un temps de pause).* Peut-être pouvez-vous vous contenter de me dire de quel commandement il s'agit : sans rompre le secret de la confession, exposez-moi au moins l'idée générale, que nous en débattions en prenant uniquement en considération le testament de Dieu...

Jacques Clément
Madame. Il s'agit du péché capital le plus grave que Dieu puisse condamner : un meurtre.

Catherine de Montpensier
Un meurtre ? Allons donc... Un meurtre... qui vient d'être commis?

Jacques Clément
Non madame. Un meurtre que l'intéressé compte commettre. Mais il y a pire encore : il ne s'agit pas d'un simple meurtre : il s'agit du meurtre d'un roi...

Catherine de Montpensier
Un régicide ? C'est la chose la plus grave et la plus sévèrement réprimée en ce monde. Un régicide ? Ce n'est plus un homme de Dieu, à qui vous confier : il faut avertir ce roi.

Jacques Clément
C'est que la tâche est longue et compliquée... et ma route sera longue jusqu'à Sa Majesté...

Catherine de Montpensier
Dieu du Ciel ! S'agirait-il du Roi d'Espagne, contre qui cet homme en a ?

Jacques Clément
Se place à côté d'elle et s'arrête, la tête baissée
Non madame, il s'agit de notre roi, Henri le troisième. *Il se lève, amorce un salut et un départ.* Vous avez mille fois raison, je vais avertir qui de droit.

Catherine de Montpensier
Le retient par le bras et le ramène vers elle
Voyons, mon jeune ami, point de précipitation. Plutôt que de vous mettre en danger par une alerte trop vite lancée, étudions d'abord ce qu'il y a de mieux à faire. Si vous le voulez, je peux, là aussi, vous aider. L'homme qui vous en a parlé, est-il si pressé ? A-t-il des raisons d'hésiter ? Y-a-t-il moyen de gagner du temps avant qu'il ne passe à l'acte ?

Jacques Clément

Madame la duchesse, c'est un homme qui tantôt est décidé, tantôt hésite, tant la peur de l'enfer et de l'écartèlement le freine. Tantôt il dit que ce roi est un tyran, tantôt il craint de faire de lui un martyr. *(Jacques Clément, comme en transe, commence à parler, les yeux dans le vide).* Il entend des voix "Marche faire ce coup-là", et puis, il se voit soudain, en rêve, tiré par quatre chevaux, mais sans en ressentir aucune douleur. Il se voit condamné par certains, fêté par d'autres. Cet homme est déchiré, Madame. Il se croit appelé à commettre cet acte terrible, mais ne trouve pas en lui la détermination pour passer à l'action. C'est peut-être ce qui nous permet d'espérer qu'il ne le fera pas. Tuer un roi, un homme investi du pouvoir et de la puissance de Dieu !

Catherine de Montpensier
Elle tapote la main du moine

On ne peut qu'espérer qu'il continue d'hésiter, en effet. Dans ce cas, messire Jacques, gardons-nous de l'informer des dernières nouvelles...

Jacques Clément

Et quelles nouvelles, madame ?

Catherine de Montpensier
Feignant de regarder autour d'elle

La Sorbonne, mon cher, la Sorbonne vient de délier le peuple parisien de son devoir d'obéissance vis-à-vis du roi...

Jacques Clément

La Sorbonne ? Le collège de théologie ?
En aparté
Mon Dieu, ce nom, si proche de celui de mon village ! Serait-ce donc un signe de plus venant du Seigneur ?

A Catherine de Montpensier
La Sorbonne incite donc le peuple à désobéir au roi ? Il n'a donc plus le soutien de ce sur quoi repose le rayonnement de notre foi catholique en France ?

Catherine de Montpensier
Ce n'est qu'un début… mon jeune ami.

Jacques Clément
Que pourrait-il exister de pire, en vérité ?

Catherine de Montpensier
Eh bien mon cher, le pire existe : le pape vient d'excommunier le roi.

Jacques Clément
Le Roi ? Excommunié ? Par le pape ? Ciel, mais sans l'appui de la papauté, peut-il encore être roi ?

Catherine de Montpensier
Bien sûr qu'il le peut, s'il se rallie aux protestants, par le truchement du roi de Navarre.

Jacques Clément
Se rallier aux huguenots ? Aux hérétiques ? Comme l'ont fait ces dernières années les souverains de la maison des Valois ? Nous ne devons pas permettre cela… Mais comment procéder pour le cacher, s'il l'apprend, nul doute que l'homme qui m'a confié son projet va y penser plus sérieusement encore… Quoique… une chose peut encore l'arrêter.

Catherine de Montpensier
Et laquelle ?

Jacques Clément
Perdu dans ses pensées
Si cet homme tue Henri le troisième, qui irait sur le trône ? Henri de Navarre, à coup sûr.

Catherine de Montpensier
Évasive
Cela, rien n'est moins certain…

Jacques Clément
Qui pourrait bien l'en empêcher et le remplacer ?

Catherine de Montpensier
Un air mystérieux
Le mieux placé, au titre de sa généalogie et de sa qualité, serait Charles de Bourbon, homme d'église éminent, que notre roi a fait emprisonner pendant les états-généraux de Blois. Il est l'oncle d'Henri de Navarre, mais catholique.

Jacques Clément
Charles de Bourbon, évêque de Nevers, de Saintes, archevêque de Rouen…

Catherine de Montpensier
Un ton affirmé
Lui-même…En l'an 1584, un pacte secret a été conclu entre mon frère le duc de Guise et Philippe II d'Espagne qui l'a reconnu comme héritier de la couronne si jamais Henri le troisième venait à mourir. Mais surtout, gardez cela pour vous. Personne ne doit savoir, et surtout pas celui qui s'est confessé à vous. Pouvez-vous me promettre que vous lui tairez tout ce que je viens de vous apprendre ? S'il l'apprenait, nous pourrions bien être témoins du premier régicide de France. *Elle fait mine de quitter la pièce.*

Jacques Clément
Empressé

Madame la Duchesse, je vous en conjure, un petit moment, encore, s'il vous plaît... J'ai d'autres questions, que cet individu m'a également posées. Quelles conséquences le meurtrier de Henri le troisième devra-t-il endurer ?

Catherine de Montpensier

Quelles conséquences ? Voyons, mon ami, en l'état actuel des choses, rien de fâcheux. Pour commencer il aura la protection de la Sainte-Ligue, garante du respect des lois catholiques. La protection de sa personne, mais aussi de ses proches. Sans compter que, pour avoir sauvé son royaume du joug d'un tyran, il sera, au grand minimum, considéré comme un héros national, voire canonisé. Et si, par le plus grand des hasards, il s'agissait d'un homme d'église, il deviendrait très rapidement cardinal...

Jacques Clément
S'agenouille face à elle

Madame la Duchesse, je dois vous faire un aveu. Cet homme, c'est moi. En répondant à mes questions, vous avez dissipé mes doutes, et je veux libérer mon royaume de la tyrannie d'un roi impie. Dites-moi. Dites-moi ce que je dois faire.

Catherine de Montpensier
Feignant la surprise

Vous, mon jeune ami ? Vous seriez donc le messie que nous attendions depuis si longtemps ? Au nom de tout ce que vous avez subi dans vos plus jeunes années, je veux croire en votre absolue sincérité. Soyez tranquille, je vais réfléchir à tout ce que nous venons de dire, et trouverai le moyen de vous parler à nouveau. Où que vous soyez. Veuillez accepter, entretemps, de rejoindre le couvent des Jacobins de Paris, rue Saint-Jacques. Vous y serez accueilli par le plus illustre de nos prêcheurs et prieur, le frère Edmond Bourgoin. Accepterez-vous ?

Jacques Clément

Assurément, madame.

Catherine de Montpensier
S'incline face à lui

Alors à bientôt, mon jeune ami. Ne parlez de cela à personne, surtout. Cela doit rester un secret entre nous. *Elle le regarde, comme si elle avait eu une apparition.* Saint-Jacques !

Jacques Clément
Pensif

Premier régicide de France, Charles de Bourbon, rue Saint-Jacques, … Non, madame, je ne dirai rien à personne.

Il sort

Scène 5 - Catherine de Montpensier, Catherine de Clèves
Château du petit-Varennes, Serbonnes

Catherine de Clèves
Regardant autour d'elle

Alors, ma sœur. Qu'en est-il ? Le moine vous paraît-il fiable ?

Catherine de Montpensier
Avec un sourire

S'il me paraît fiable ? Plus que tout autre, ma chère. Notre jeune ami a en lui toutes les qualités d'un futur héros de la Ligue. Avec ce qu'il vient d'apprendre, il serait surprenant qu'il ne soit pas déterminé. Je viens d'ôter dans son petit esprit naïf bien des obstacles. Il n'attendait que cela pour passer à l'action.

Catherine de Clèves
Inquiète
Que lui avez-vous révélé, au juste ?

Catherine de Montpensier
Sereine
Uniquement les éléments nécessaires pour l'aider à prendre sa décision, rassurez-vous. Que le roi n'est plus investi du pouvoir divin. *(Elle rit)* ... comme s'il l'avait été un jour... que la Sorbonne et le Pape ont désavoué ce roi de pacotille, et qu'il existe une autre alternative au roi de Navarre pour lui succéder au trône : le futur Charles X. Celui-ci a toutes les qualités pour devenir notre "homme de paille".

Catherine de Clèves
Justement, que ferons-nous de Charles de Bourbon quand il sera proclamé roi ? Votre frère, le duc de Mayenne, est-il condamné à rester dans son ombre ? Et comment contrôler le cardinal quand il sera libéré de Chinon ?

Catherine de Montpensier
Ma chère sœur, tant que notre frère Charles dirige les affaires de la France, pourquoi libérer Charles X ?

Scène 6 - Mathieu de Brunel, Marguerite de Bronze : Petites "Taquineries" entre époux.
Château du petit-Varennes, Serbonnes
Mathieu de Brunel inspecte avec attention les murs et le sol de son château. Il est surpris dans ses méditations par son épouse, Marguerite, surprise de son attitude.

Marguerite de Bronze
A la fois dubitative et désabusée
Mais que faites-vous, encore ?

Mathieu de Brunel
Ma chère, j'envisage quelques aménagements esthétiques des murs, et peut être du sol, de notre demeure, afin de laisser des souvenirs, des traces historiques, à nos descendants. Mais les murs et sols ne sont pas les seuls concernés. Je n'écarte pas d'enrichir également le dessin des armoiries de notre famille.

Marguerite de Bronze
Pourriez-vous être plus précis ?

Mathieu de Brunel
Oui, ma chère. Commençons par le blason, au lieu de comporter simplement un fond azur avec un chevron d'argent, j'y ferai volontiers rajouter trois fleurs de lys, symbole de la royauté. Un aigle ornera certaines dalles du sol.

Marguerite de Bronze
Des fleurs de lys ? Un aigle ? Et peut-on savoir, monsieur, en quel honneur ?

Mathieu de Brunel
Ma chère épouse, vous me trouviez dernièrement, un peu extrême et sévère vis à vis de notre roi. J'en conviens, et tiens maintenant à faire écho à toutes ces bonnes âmes qui sont venues me rappeler quel honneur m'avait été fait. Par conséquent, en souvenir de la visite du roi en notre demeure, il m'a paru tout à fait naturel d'immortaliser cette aventure en ajoutant des fleurs de lys, symbole de la royauté, à nos armoiries, et en gravant dans la pierre le passage du roi de Pologne qu'il fut avant d'être roi de France.

Marguerite de Bronze
Fixe son mari, effarée
Monsieur, je suis certaine que Sa Majesté ne demande point tant d'honneurs…

Mathieu de Brunel
Grinçant

Ma chère épouse, permettez-moi d'insister. Bien rares sont les gens qui pourraient se vanter d'avoir reçu le roi leur en demeure. Et, puisque sa Majesté, bien loin de se contenter d'avoir honoré ma maison, a également honoré mon épouse et même laissé un souvenir *(il met sa main sur le ventre rond de Marguerite)*, pourquoi s'en défendre et s'en cacher ? J'ai eu bien du mal à m'en persuader, je l'avoue, mais puisque même les âmes les plus pures me pressent d'accepter cet honneur et d'accueillir l'enfant comme s'il était le mien, eh bien, célébrons, ma chère, célébrons comme il se doit.

Marguerite de Bronze

Voilà donc, Monsieur, la raison de votre emportement vis-à-vis du roi, et de votre engouement soudain pour les Ligueurs ! Quel complot avez-vous donc manigancé ?

Mathieu de Brunel
Sourit

Moi ? Aucun. Si je me suis rapproché de la Ligue, c'est pour mieux réaffirmer les valeurs qu'elle porte, à commencer par certains commandements de Dieu, que votre royal amant bafoue avec grand enthousiasme. "Tu ne tueras pas", "Tu ne commettras pas d'adultère", "Tu ne convoiteras pas la femme de ton prochain". Sur ces trois points déjà, il y a des choses à redire. Sur le plan pratique, je n'ai fait que permettre à un jeune moine d'aller étudier à Paris et poursuivre son instruction. Le reste n'est plus de mon ressort. Permettez, Madame, que je me retire, j'ai encore bien du travail à accomplir, afin de laisser à nos descendants un héritage, une mémoire, qui perdurera à travers les siècles…

Scène 7 - Les Guise : **Catherine de Montpensier, Catherine de Clèves, Charles de Mayenne**

Le Louvre, Paris

Charles de Mayenne rentre à Paris, déconfit. Il rencontre les "Catherine".

Charles de Mayenne

En colère, défait son pourpoint en entrant dans la pièce,
Traître de roi ! Il ne manquait plus que cet inconvénient là...

Les deux belles-sœurs se regardent, effarées, avant de se diriger vers Charles

Catherine de Montpensier

Grands Dieux, mon frère, que se passe-t-il ?

Charles de Mayenne

Il s'assied, anéanti

Il se passe, ma chère sœur, ce que vous nous avez maintes fois chanté, mais en pire ! Comme vous l'aviez prédit, le roi a tenté de négocier avec moi, après l'assassinat de nos frères et depuis que j'ai pris la tête de la Ligue. Comme vous le savez, j'ai refusé toute négociation, et durci mes positions, m'imposant comme lieutenant-général. A Tours, nous avons tenté de nous emparer de Sa Majesté, mais notre tentative a échoué : il était trop bien entouré, pensez donc ! Sa garde rapprochée ne compte pas moins de quarante-cinq hommes. Constatant qu'il était désormais seul face à la Ligue, le roi a finalement accepté de traiter avec Navarre. A eux deux ils ont réussi à réunir 30000 hommes. Avec les 15000 du Duc d'Épernon, ils disposaient d'une armée de 45000 soldats. Ils se trouvaient, par conséquent, à égalité avec les troupes de la Ligue et d'Espagne réunies. Oh, des hommes, ils en ont perdu, bien plus que nous, mais malgré cela, ils étaient tellement déterminés que nous n'avons pas pu les empêcher d'assiéger Paris.

Catherine de Montpensier
Le duc d'Épernon ? L'ancien archimignon et favori du roi? Mais ne l'avait-il pas disgracié ?

Catherine de Clèves
Furieuse
Il ne l'avait disgracié que pour le protéger. C'était une concession de façade, destiné à tromper la Ligue. Mais ils ne se sont jamais quittés de vue. Je comprends mieux, à présent, qu'il ait fait si peu de difficultés pour accéder aux exigences de notre frère Henri avant de signer le traité d'Union. Il savait qu'il ne céderait qu'en surface.

Catherine de Montpensier
Je vous avais en effet prédit, à tous, que le roi se rallierait à Navarre, un jour ou l'autre, qu'il trahirait sa parole et ses engagements, comme il l'a toujours fait ! Et maintenant, où se cache-t-il, ce roi sans parole et sans honneur ?

Charles de Mayenne
Il a regagné momentanément ses quartiers en attendant de réétoffer ses troupes, dépasser l'état de siège et reconquérir la capitale.

Catherine de Clèves
Qu'attendez-vous ? Qu'il se soit refait pour agir ? Mais c'est à présent qu'il faut attaquer, mon frère.

Charles de Mayenne
La regardant, détaché
Ma chère belle-sœur, j'ai grand respect pour votre sens stratégique, et, dans l'absolu, vous n'auriez point tort. Mais il se trouve que, même si mes troupes sont en supériorité numérique, elles sont harassées par tant de combats consécutifs, et que dans l'état où elles sont, une défaite serait assurée. Par ailleurs, même si j'ai le

soutien de mon gouvernement de Bourgogne, il a donné ce qu'il a pu en hommes, et ne peut, pour le moment, fournir plus qu'il ne l'a déjà fait.

Catherine de Clèves
La situation est donc au point mort ?

Charles de Mayenne
Pas tout à fait, Catherine, pas tout à fait. Nous allons accélérer le mouvement, mais en impliquant le moins de monde possible.
A Catherine de Montpensier
Avez-vous préparé ce qu'il faut ?

Catherine de Montpensier
Déterminée
Tout est prêt, mon frère. Nous n'avons plus qu'à expédier le colis... avec le mode d'emploi.

Charles de Mayenne
Se retourne vers elle
Et qui fait office de colis ?

Catherine de Montpensier
Un des plus fervents prieurs de la Ligue, un prieur à la Sorbonne.

Charles de Mayenne
Ne craint-il pas d'être trahi ?

Catherine de Montpensier
Je veux bien être pendue s'il l'est : son visage sera camouflé.

Charles de Mayenne
Parfait ! Qu'il ne délivre aucun papier à Clément : uniquement des instructions orales. Ce sera au moine d'obtenir les papiers à présenter au procureur et au roi. En s'acquittant lui-même de

chaque étape, il montrera qu'il est bien celui qu'il nous faut. S'il est pris, en l'absence de preuves, il ne peut nous impliquer directement, mais seulement retarder le projet. S'il parle, étant donné sa réputation, il ne sera pas cru.
Et même si la mission devait échouer une fois de plus, la Ligue ne sera pas inquiétée et nous aurons les mains libres pour tenter une autre voie.

Catherine de Clèves

C'est là où je ne vous rejoins pas, mon cher beau-frère : nous avons déjà échoué plusieurs fois en envoyant des mercenaires sans prendre le moindre risque, certes, mais sans leur donner d'éléments pour réussir leur mission. Croyez-vous obtenir un résultat différent en employant toujours les mêmes moyens ? Nous tenons là un jeune moine qui présente de nombreux atouts, nous nous devons de l'aider.

Charles de Mayenne
A nouveau inquiet, un brin moqueur

Vous comptez peut-être lui tenir la main ? Ne craignez-vous pas de nous exposer tous ?

Catherine de Clèves
Calme

Il n'est pas forcément besoin de s'exposer pour aider quelqu'un à accomplir sa mission, Monsieur. On peut, comme vous le savez, le faire de façon très indirecte. Je me suis renseignée sur les habitudes des proches du roi. Les relations que j'ai créées et entretenues avec les reines successives m'ont été à cette fin très utiles. Par exemple : le procureur général, Jacques de la Guesle, rend chaque jour visite au roi. Il suffirait que le moine se place opportunément sur son chemin, pour approcher Saint-Cloud, où le roi est retranché. Il en est de même pour le chirurgien du roi, qui emprunte la même route.

Charles de Mayenne
Et ensuite ? Comment approcher le roi sans qu'il se méfie ?

Catherine de Clèves
De plus en plus assurée
Une lettre du président du Parlement, Achille de Harlay, en qui le roi a toute confiance.

Charles de Mayenne
Et pour l'obtenir ? Un joli sourire ?

Catherine de Montpensier
Lassée
Non mon frère. Nul besoin de prier ni de faire pression sur Monsieur de Harlay. Il se trouve que celui-ci écrit le plus souvent en lettres italiennes, très faciles à imiter. Il suffirait d'avoir, dans nos relations, quelqu'un qui soit capable de les reproduire.

Catherine de Clèves
J'ai devancé vos objections, et ai déjà sollicité ce service. Voici la lettre, que nous devrons faire remettre à Clément. Il se trouve en ce moment même au Louvre, où nous l'avons fait amener.

Charles de Mayenne
Mes sœurs, il semble que vous n'aviez pas besoin de mon avis, et que vous avez su prendre les décisions par vous-mêmes. Eh bien, puisque tout est prêt, allons-y !

Scène 8 - Jacques Clément, Edme Bourgoing (le visage caché)

Le Louvre, Paris, dans la chapelle

Alors que Jacques Clément se trouve au monastère, en train de prier, un inconnu vêtu d'une toge de moine, la capuche rabattue sur la tête pour ne pas être identifié, entre dans la pièce et attend que le jeune moine ait terminé sa prière. Quand celui-ci se lève de son prie-Dieu et se retourne, il voit l'inconnu, mais reste muet.

Edme Bourgoing
Sur un ton monocorde

Frère Clément ?

Jacques Clément
Méfiant

C'est bien moi. A qui ai-je l'honneur ?

Edme Bourgoing

Peu importe. Je ne suis qu'un messager, et je suis venu vous apporter les éléments pour que vous puissiez accomplir la mission que Dieu vous a confiée.

Jacques Clément
Reste méfiant

Une mission ? Quelle mission ?

Edme Bourgoing

Celle que Dieu vous inspire en rêve quasiment chaque nuit. Celle que vous avez jadis confiée à vos camarades de couvent mais qu'aucun ne vous a cru capable d'accomplir. Celle qui vous est dictée par votre histoire, votre sens du devoir, votre dévotion, frère Clément. La mission pour laquelle vous avez été choisi parmi tant de fidèles, pour laquelle Dieu vous a élu : débarrasser la France Catholique du tyran qui prétend en être roi.

Jacques Clément
Totalement rassuré, il revient dans son délire

C'était donc vrai ? Je le sentais. Je le leur ai dit, à mes camarades jacobins de Sens, que Henri le troisième ne mourrait que de ma main. Mais personne n'a voulu me croire. J'avais donc raison.

Edme Bourgoing

Oui, frère Clément. Vous aviez bien entendu l'ordre de Dieu. Que les sots et les sourds ne vous aient pas cru ne pourra que vous aider dans votre mission. Et il est temps de l'accomplir.

Jacques Clément
Soudain pris d'une fièvre dévote

Je n'aspire qu'à obéir à Dieu. Mais comment y arriver ? Le roi est très entouré, je serais arrêté à peine aurai-je fait un pas en direction de Saint-Cloud.

Edme Bourgoing

Frère Clément. Je suis justement ici pour vous guider dans les démarches à accomplir. Vous devez maintenant m'écouter et ne plus vous poser de questions. Toutes les réponses dont vous avez besoin, je vais vous les donner. M'écoutez-vous attentivement ?

Jacques Clément

Je suis votre dévoué et vous écoute sans réserve.

Edme Bourgoing

La première chose que vous ayez à faire, c'est de rencontrer le Premier président du Parlement, messire Achille de Harlay, prisonnier à la Bastille depuis la journée des barricades. Vous vous présenterez à lui et le convaincrez que vous êtes du côté de la Couronne, que vous voulez aider le roi à reprendre contact avec ses alliés et regagner Paris. Vous ne solliciterez rien de sa part. Cette entrevue est uniquement destinée à vous permettre de le décrire. Les proches du roi vous presseront très certainement de questions.

Ensuite vous irez voir le fils du chirurgien Portail, lui aussi embastillé, ainsi que l'épouse de Portail, afin de pouvoir dire au chirurgien des nouvelles de sa famille quand vous le rencontrerez, certainement, le matin, car lui-aussi prend la route pour Saint-Cloud. Il vous servira d'alibi.

Jacques Clément
Le Premier président du parlement et le fils de Portail. C'est bien compris. Ensuite ?

Edme Bourgoing
Ensuite, vous irez voir le comte de Brienne, qui se trouve au Louvre, retenu prisonnier par les Ligueurs depuis la journée des barricades. Si vous savez gagner sa confiance et vous présenter en allié de la couronne, il vous délivrera un passeport, que vous présenterez aux militaires qui montent la garde aux frontières de la capitale. Vous leur direz aussi que vous avez un message urgent et confidentiel pour le roi. Vous demanderez alors un passeport pour pouvoir sortir de Paris et vous rendre à Saint-Cloud.

Jacques Clément
Le Comte de Brienne, pour un passeport. C'est bien noté. Et après?

Edme Bourgoing
Vous devrez faire face à un très certain interrogatoire du procureur général du roi, Messire Jacques de la Guesle, un jeune magistrat, jeune homme d'une trentaine d'années, le visage un peu rond, moyennement corpulent, habillé régulièrement de noir avec une écharpe rouge, parlant assez fort. C'est l'un des proches de la couronne. Vous le rencontrerez en vous plaçant sur la grand route

qui rallie Vanves, où il habite, à Saint-Cloud. Il l'emprunte tous les jours pour aller à Saint-Cloud tôt le matin et en revenir dans le milieu de l'après-midi. Faites-vous remarquer, pour qu'il prenne contact avec vous, puis remettez lui la lettre que vous direz avoir obtenue de Achille de Harlay. *(Il lui tend la vraie fausse lettre).* Vous vous présenterez à nouveau comme un allié de la royauté. Vous demanderez au procureur à remettre personnellement cette lettre au roi et à lui parler d'une affaire urgente. Quand vous serez face au roi, vous insisterez pour lui parler seul d'une affaire qui ne peut être entendue que de lui seul. Les proches du roi vous presseront de révéler votre secret en leur présence. Vous devrez alors être ferme et exiger, sans aucune concession, de parler seul au roi. Cette condition est nécessaire pour accomplir votre geste. Le reste est entre vos mains.

Jacques Clément
Je dois donc passer par la porte de Vanves et présenter mon passeport aux militaires qui s'y trouveront avant de rejoindre la grand-route que le procureur empruntera pour revenir à Vanves depuis Saint-Cloud. C'est très clair.

Edme Bourgoing
Calme
Frère Clément, vous venez de montrer une fois de plus que vous êtes l'élu pour cette mission. Gardez cela à l'esprit. Vous devez parler au roi, et ne révéler votre mission sous aucun prétexte. Dieu vous bénisse.

Jacques Clément s'incline, tandis que son mystérieux interlocuteur sort de la pièce.

Scène 9 - Jacques Clément, le secrétaire du comte de Brienne,
Le Louvre, Paris, dans les « appartements sécurisés »

Jacques Clément arrive au Louvre, pour obtenir un passeport du comte de Brienne. Se faisant discret, il fait mine de regarder autour de lui pour se cacher des "espions de la Ligue". Il se présente au secrétaire du comte de Brienne.

Jacques Clément
Déterminé, sur un ton péremptoire

Pardonnez mon audace, messire. Je dois parler au comte de Brienne de toute urgence.

Le secrétaire
Calme

Et qui le demande ?

Jacques Clément

Jacques Clément, messire. Je suis moine au couvent des Jacobins de Paris, rue Saint-Jacques, et j'ai un message urgent de la part de messire Achille de Harlay, premier président du Parlement.

Le secrétaire
Suspicieux

Il fut un temps où j'aimais bien les moines, mais maintenant je ne les aime guère, car les moines ont été cause de notre malheur : il vint à Saint-Ouen trois Cordeliers demander l'aumône à monsieur le Comte, qui leur donna trois écus, et allèrent avertir l'ennemi de nos affaires.

Jacques Clément
Détaché

Peut-être que ce ne fut pas des religieux mais de simples espions déguisés en religieux.

Le secrétaire
Je ne sais. On nous a dit aussi qu'il y a un religieux jacobin qui avait délibéré de tuer le Roy.

Jacques Clément
Feignant de regarder autour de lui, et sur le ton de la confidence
Il peut bien être. De notre temps les moines se font de plus en plus implacables sur la question catholique, qui n'acceptent pas le désir de paix avec les protestants qui tient tant au cœur du roi. Je suis justement ici pour soumettre mon service au roi et à ses alliés.

Le secrétaire
Et quel service pourriez-vous rendre au roi et à ses alliés ?

Jacques Clément
Je vais vous répéter ce que j'ai déjà proposé à Messire de Harlay : permettre à sa majesté d'établir une communication secrète avec ses proches dans Paris, de sorte qu'il puisse enfin entrer dans la capitale au lieu de se cantonner à l'état de siège. C'est là que messire le premier président du parlement m'a donné un message à porter au roi.

Le secrétaire
Mon jeune ami. C'est ici une entreprise bien dangereuse : vous m'avez dit venir du couvent des jacobins de Paris. Or, ce couvent est aux mains des ligueurs. Comment remplir votre mission sans attirer l'attention, sans crainte d'y perdre la vie ?

Jacques Clément
D'un air détaché
Messire, comment craindre que le pire m'arrive si je suis découvert par la Ligue, quand j'ai choisi, de toutes les façons, d'offrir ma vie pour servir la couronne ? Je veux bien être pendu et même écartelé

si je parle. Mais le temps presse, et je dois délivrer le message de Messire de Harlay à sa majesté.

Le secrétaire
Et quel est-il exactement, ce message ?

Jacques Clément
Déterminé
Je dois faire savoir au roi qu'il a, dans Paris, bien plus d'amis qu'il ne l'imagine, qu'il y a des réseaux de communication que les Ligueurs ignorent, et qu'il peut compter sur ces appuis pour redevenir maître de la capitale. C'est tout ce que messire de Harlay m'a permis de révéler. Le reste, je ne puis que le dire personnellement au roi.

Le secrétaire
Il scrute le moine avec attention
Comment Monsieur de Harlay se porte-il ? Je m'inquiète de sa personne, depuis qu'il est embastillé...On m'a rapporté qu'il était devenu malingre, faute de bonne nourriture et d'exercice...

Jacques Clément
Comprend que l'autre le teste, mais feint la surprise
Malingre, messire ? Parlons-nous bien de la même personne ? Celui que j'ai vu et que l'on m'a présenté comme étant messire de Harlay est un homme de corpulence athlétique, une allure guerrière, le visage peut être un peu affiné, mais toujours fort et allongé, les traits réguliers sans être tirés. Et d'une apparence bien soignée, le cheveu ondulé mais court, la barbe abondante et taillée de façon nette. Assurément un bel homme, qui, malgré tout ce que l'on peut reprocher aux Ligueurs, semble être bien traité, s'il faut vous rassurer sur son état...

Le secrétaire
Regarde le moine longuement, griffonne quelques mots sur un papiers et se dirige vers la porte de la chambre du comte de Brienne
Attendez-moi ici.

Revient face au moine et lui tend le papier
Je viens de parler à monsieur le comte de votre ambition de servir. Il y consent et vous remercie. Voici le passeport. Vous pouvez dès maintenant sortir de Paris.

Scène 10 - **Jacques Clément, Jacques de la Guesle, Antoine Portail, autres personnages, en arrivant à Saint-Cloud**

Une route de Campagne, entre Vanves et Saint-Cloud
Jacques Clément, accompagné de deux militaires du régiment de Comblanc, rencontre Jacques de la Guesle sur la grand route reliant Vanves à Saint-Cloud. Le procureur s'adresse aux deux militaires.

Jacques de la Guesle
Affichant sa surprise, montre Jacques Clément
Holà, messires, qui est donc ce prisonnier et où l'avez-vous attrapé?

Un des militaires
Amusé
Messire le Procureur, celui-ci n'est point prisonnier. C'est un moine jacobin du couvent de Paris. Il a franchi la porte de Vanves pour sortir de Paris, disant venir de la part de messire de Harlay, premier président du Parlement, nous a transmis un passeport signé de messire le Comte de Brienne, et avoir un message personnel pour Sa Majesté. Nous l'accompagnons jusqu'à Saint-Cloud.

Jacques de la Guesle
S'adresse à Jacques Clément

Un message pour Sa Majesté ? C'est bien. Quel est-il ?

Jacques Clément
Fermement

Messire le procureur. Je ne puis délivrer ce message qu'à sa majesté elle-même.

Jacques de la Guesle
Sur un ton suspicieux

Nous verrons cela. Quand avez-vous vu messire de Harlay ? Et où ?

Jacques Clément

Messire de Harlay est embastillé depuis cette funeste journée des barricades, Monsieur le Procureur ! Où voudriez-vous que je l'aie vu ?

Jacques de la Guesle

Décrivez-moi Monsieur de Harlay, je vous prie ?

Jacques Clément

Un bel homme, un corps de guerrier, grand et robuste, le cheveu court et ondulé, un visage allongé mais plutôt large, le nez fin et droit, la moustache longue allant vers les oreilles, et une barbe taillée en V.

Jacques de la Guesle

Description fidèle, il faut l'admettre, quoi qu'un peu vague. Vous avez oublié de mentionner sa cicatrice au-dessus du sourcil gauche…

Jacques Clément

Une cicatrice, dites-vous ? Je n'ai point vu de reste de blessure sur son visage ni ailleurs, quand bien même il aurait été blessé pendant l'insurrection des Parisiens. Quand je l'ai vu hier, il n'y avait sur son visage, messire, ni cicatrice, ni signe particulier. Pas même un grain de beauté.

Jacques de la Guesle
Fort bien. Et quand avez-vous vu Messire de Harlay ?

Jacques Clément
Hier même, messire. Je suis entré à la Bastille sous couvert de venir voir le fils du chirurgien Portail, à qui j'avais un message à donner, de la part de sa mère, qui est fort contrariée. J'ai vu aussi l'abbé de Rivault.

Jacques de la Guesle
Et l'abbé de Cerisy, certainement, aussi ?

Jacques Clément
Feignant la surprise
L'abbé de Cerisy ? Non messire, je n'ai rencontré personne de cette qualité et de ce nom.
Plus nerveux, et agacé
Enfin quoi, messire le procureur ? Pourquoi tant de questions ? Je ne suis point un espion !

Jacques de la Guesle
Calme
Restons calmes, frère Clément. Il s'agit là de vérifications d'usage. On m'a rapporté qu'un jacobin avait délibéré d'assassiner le roi. Est-ce point toi ?

Jacques Clément
Sur un ton amusé
Sûr, messire le procureur, je suis un grand assassin.
Calmement
Je n'ai point d'intention mauvaise, messire. Au contraire, je viens ici pour dire à Sa Majesté que messire de Harlay s'inquiète de sa

santé et veut l'assurer de son continuel soutien, ainsi que de celui de ses amis... en plus d'un autre message, confidentiel, que je ne puis vous délivrer.

Jacques de la Guesle
Un peu rassuré
Me mettrez-vous sur la voie ?

Jacques Clément
Fait mine d'hésiter, puis de se résoudre et lui dit à voix basse
Cela concerne le siège de Paris. C'est tout ce qui m'est permis de dire par les alliés du Roi postés dans la capitale. Les soutiens de Sa Majesté sont prêts à lui ouvrir une des portes de la ville pour lui permettre d'y revenir et de juguler la rébellion.

Jacques de la Guesle
De plus en plus rassuré
Fort bien, frère Clément. Je vous accompagne dès maintenant en ma demeure, où vous dormirez pour la soirée. Je vous ferai lever demain à six heures, et vous conduirai jusqu'à la demeure du roi, s'il veut vous recevoir.

Aux deux militaires
Veuillez passer également la nuit en mon logis, et surveillez de près cet apôtre. Je vais faire donner des ordres pour que l'on vous prépare un dîner. Je ne pourrais vous accompagner, étant invité ce soir chez Monsieur de Rambouillet, mais vous donnerai un billet à l'intention de votre officier de régiment, pour justifier de votre bonne conduite et surveillance d'un suspect. Bonne nuit, Messieurs.

Scène 11 - Jacques Clément, les gens du procureur, le procureur Jacques de la Guesle (qui arrive en cours de discussion après avoir observé la scène)

Cuisine de la demeure du procureur, Vanves

Alors que Jacques Clément taille ses morceaux de viande avec son long couteau noir (celui qu'il utilisera pour tuer le roi), les autres tentent de le faire parler.

Le cuisinier du procureur

Sacrebleu, frère Clément, pour un couteau, c'en est un vrai ! En quoi est-il besoin qu'il soit si gros ?

Jacques Clément

Je l'utilise pour toutes choses. Il est surtout là pour me rassurer, quand j'arpente la campagne. Pour peu que je tombe en face d'un sanglier...

Le cuisinier du procureur

Et cela vous arrive si souvent que vous avez senti l'obligation de vous armer ainsi ? Seriez-vous si nerveux, frère Clément ?

Jacques Clément

C'est qu'on en rencontre effectivement souvent, dans mon petit village de Bourgogne. La région en est infestée. Cela m'est arrivé, oui, bien plus qu'une fois. La première, je n'avais pas ce couteau et dois mon salut à un chasseur qui passait par là. Depuis, j'ai gardé cette habitude d'avoir ce couteau sur moi.

Le cuisinier du procureur

Du moment que ce n'est pour tuer personne d'autre que les sangliers... Mais dites-moi, à ce propos, avez-vous entendu dire qu'il y en a six de votre ordre qui avaient entrepris de tuer le roi ?

Jacques Clément
Froid
Messire le cuisinier, il y en a partout de bons et de mauvais.

Le cuisinier du procureur
Peste soient ces jacobins ligueurs ! Ce qui me console est qu'ils ont fait là une bien mauvaise affaire : ils ont échoué dans leur entreprise et ont fini écartelés après avoir été soumis à la question. Vous rendez-vous compte ? Vouloir tuer le roi ? Quel homme serait assez benêt pour commettre une telle folie, ou pire, s'en vanter !

Le cuisinier et les deux militaires se mettent à rire.

Jacques Clément
Faisant mine d'être choqué
Messires, je vous en prie, il n'y a point à rire de ces choses-là ! Porter la main sur le roi ? Ciel ! quel acte ignoble ! Je n'ose pas même y penser !

Le procureur entre dans la pièce

Le procureur Jacques de la Guesle
Messires, Ne tourmentez pas davantage frère Jacques Clément. Il ne se sépare jamais de son couteau, certes, pas plus que de son bréviaire.

Jacques Clément sort de sa poche un livre qui lui sert à consigner ses prières

Le procureur Jacques de la Guesle
Je propose à tous un verre de ce bon vin, avant que nous allions nous coucher !

Scène 12 - *Jacques de la Guesle, Jacques Clément, Antoine Portail (1er août 1589)*
Une route de Campagne, entre Vanves et Saint-Cloud

Jacques de la Guesle
A Jacques Clément, tandis qu'ils quittent le logis du procureur

Tenez, puisque vous avez pu voir le fils de Portail, vous allez pouvoir dire vous-même au chirurgien des nouvelles de sa famille. Monsieur Portail, venez par ici je vous prie.

Antoine Portail s'approche

Voici un religieux qui veut vous dire des nouvelles de votre maison de Paris. Frère Clément, approchez.

Antoine Portail
Suspicieux

Qu'est-ce à dire, frère Clément ?

Jacques Clément
Fait mine d'hésiter, puis de se résoudre

Messire Portail, j'ai été ordonné prêtre depuis six mois, maintenant, au couvent des Jacobins de Paris. Par cette occasion, j'ai vu en effet votre femme, par deux ou trois diverses fois, qui est grandement affligée et tourmentée.

Antoine Portail

Et à quelle occasion avez-vous été en mon logis ?

Jacques Clément
Ferme et sans changer de couleur.

Après avoir visité Messire de Harlay, j'ai vu votre fils en la Bastille, qui y est prisonnier, et qu'il l'avait prié d'aller voir sa mère pour lui porter de ses nouvelles. Madame votre épouse a eu récemment un gros ennui, ayant été contrainte de payer 500 écus à un de ses métayers qui était venu pour quitter la ferme qu'il avait prise près de Paris ».

Antoine Portail
Comment va mon fils ? Ma femme se porte-t-elle bien ?

Jacques Clément
Aussi bien qu'ils peuvent se porter, ayant les tracas qui sont les leurs. Votre fils n'est pas trop affaibli, mais il est bien pâle à force de voir si peu le soleil. Et votre épouse a quelques cheveux blancs, peut-être en raison des soucis d'argent…Mais ils sont courageux et ne se laissent point aller, en votre absence.

Scène 13 -Jacques de La Guesle, Jacques Clément, Le roi Henri III, Bellegarde, Bernard de Montsiries (à la fin de la scène)
Château de Saint-Cloud
Jacques de la Guesle entre dans la demeure du roi et commande au moine de rester à la porte

Roger de Bellegarde
Face à Jacques de la Guesle, chuchote
Messire le procureur, ce serait une folie par les temps qui courent. Ramenez ce monsieur d'où il vient, et qu'on n'en reparle plus…

Jacques de la Guesle
Insistant, chuchote
Justement, Monsieur de Bellegarde, "par les temps qui courent", comme vous le dites si justement, cet entretien peut être déterminant dans les affaires du royaume.

Henri III
Entendant ses deux serviteurs chuchoter
Allons donc, messieurs. Cessez de chuchoter, à la fin, et dites-moi ce dont il est question…

Jacques de la Guesle
Montrant et remet au roi le passeport du comte de Brienne et la lettre du président de Harlay

Sire, permettez que j'amène ici le moine dont je vous ai parlé, et qui demande à vous transmettre un message, qu'il dit urgent.

Roger de Bellegarde
S'interposant, puis s'adressant à Jacques de La Guesle

Votre Majesté, est-ce bien prudent, quand on sait toutes les menaces d'assassinat qui pèsent sur votre personne ? Monsieur le Procureur Général, n'y a-t-il pas d'autre moyen de permettre à ce moine de révéler son secret ?

Jacques de la Guesle

Sire, il vient tout droit du Louvre, où est retenu le comte de Brienne, l'un de vos plus fidèles sujets. C'est le comte lui-même qui lui a délivré un passeport pour sortir de Paris.

Henri III
Après avoir lu les deux documents

Bellegarde, mon ami, il suffit ! Taisez votre crainte : n'êtes-vous pas vous-même une des fines lames du royaume ?! Et si je vous écoute, l'on m'accusera de refuser audience même à un moine ! Faites-le donc approcher et écoutons ce qu'il a à dire.

Jacques de la Guesle fait signe à Jacques Clément d'avancer, et se place entre le roi et le moine. Bellegarde se met du côté opposé, à côté du roi.

Jacques de la Guesle

Approchez, frère Clément.

Jacques Clément,
S'agenouille face au roi, qui lui tend ses documents

Sire, Monsieur le premier président, qui se trouve, comme vous le savez, embastillé par vos ennemis, se porte bien et vous baise les mains. Je voudrais bien parler à Sa Majesté à part, ce que j'ai à lui dire étant chose secrète.

Roger de Bellegarde
Sur un ton vif

Sire, qu'il parle tout haut, s'il est aussi innocent qu'il le dit. Vous savez que des gens de cette sorte ont prévu de sortir pour vous tuer.

Henri III
Voyant le jacobin refuser d'approcher, fait signe aux autres de reculer et tend l'oreille vers J. Clément qui s'est approché de lui

Approchez donc, frère Clément ! N'aviez-vous pas un autre message à me remettre ?

Jacques Clément,
Cherchant dans ses manches

Si fait. Le voilà, Sire.

Le jacobin sort de sa manche une lettre qu'il remet au roi, qui se met à la lire. Puis il retire de sa manche un couteau et, sans hésiter, en porte un coup au Roi un dans le bas-ventre.

Henri III
Se levant subitement de sa chaise, et changeant de voix

Ah ! méchant moine, tu m'as tué ! Qu'on le tue !

Il arrache l'arme de son ventre et, en frappe Jacques Clément au visage, puis laisse tomber le couteau de sa main ensanglantée et tombe sur son lit.

Ah ! Mon Dieu ! Ce malheureux m'a blessé ! Je suis mort !

Jacques Clément,
Impassible, les bras en croix, voit Jacques de la Guesle et Bellegarde se jeter sur lui et l'attrapent par le col pour l'éloigner du roi.

Moi aussi !

Jacques de la Guesle
À Bellegarde qui ceinture le moine

Ne tuez point le moine, il doit encore nous dire ses secrets ! Ah ! Malheureux, qu'as-tu fait ?

Bernard de Montsiries
Brandissant son épée, prêt à en faire usage

Hé ! mon Dieu, qui a amené ce misérable ?

Jacques de la Guesle
Se tournant vers Bernard de Montsiries

C'est moi, messire, et je ne demande qu'une chose, c'est d'être tué à mon tour !

Bernard de Montsiries,
Prend pitié du procureur, rengaine son épée

Seigneur ! Protégez Sa Majesté !

Il se rue alors sur Jacques Clément et le transperce de son épée, tandis que les autres transportent le roi sur son lit.

Scène 14 : Catherine de Montpensier, seule
Château de Saint-Cloud

Voilà qui est fait ! Le roi, ce tyran impie, enfin, est passé de vie à trépas, et avec lui, a emporté le peu qui restait des Valois. L'honneur de mes frères est ainsi vengé, et leur mémoire restera dans le cœur de tous, tandis que feu Henri III tombera dans l'oubli. Qui voudrait se souvenir d'un roi qui a offensé Dieu en tuant ses fils les plus fidèles ? Le seul regret qui m'étreint est que Henri le troisième n'ait pas su que sa plus redoutable ennemie était la duchesse de Montpensier. Par elle, Dieu a frappé et rétabli l'équilibre. Rester dans l'ombre, hélas, était l'unique moyen d'accomplir sa volonté. Cette volonté si implacable, qu'elle a guidé les pas et le bras de ce brave moine ! Paix à son âme ! Moi qui pensais qu'il pourrait profiter de la confusion et se mettre hors d'atteinte. Je n'ai pas pu le protéger, mais je m'engage, désormais, à protéger le peu de famille qui lui reste, et faire de même pour tous ceux qui s'engageront contre l'hérésie.

Je ne serai donc point reine. Peu importe. Ce qui me tient à cœur, aujourd'hui, est que les Guise recouvrent leur influence, celle qu'ils exerçaient au temps où mon père François contrôlait la Couronne et répandait dans tout le pays de nobles valeurs, au temps de Marie de Guise, régente, et de Marie Stuart, reine d'Ecosse. Mon frère Charles sera un bon roi, quand il aura succédé à Charles X, lequel s'affaiblit de jour en jour, et, j'en suis certaine, ne manquera pas de désigner Charles comme successeur.

Quant à Catherine de Clèves, ma belle-sœur, veuve d'Henri de Guise, je dois avouer qu'elle m'a bien étonnée. Elle qui voulait, jadis, réconcilier les deux clans des Guise et des Valois, la voici devenue l'un des défenseurs les plus acharnés de la Ligue, de la foi catholique, et de notre famille. Qui aurait cru que cette femme effacée se retournerait avec tant de détermination contre ceux dont elle a accompagné les épouses ? A nous deux ma belle-sœur, accompagnées de Charles, nous mettrons bien des obstacles sur la route des Huguenots.

Nous entrons dans une nouvelle ère, celle où les hérétiques disparaîtront enfin. Se convertir ou mourir, tel sera leur seul choix. Point de discussion, point de compromission. La couronne revient, enfin, à un catholique, Charles X, et, pour le représenter, la fermeté du Duc de Mayenne, chef des armées, que Navarre devra vaincre et soumettre avant d'espérer monter sur le trône.

Avant d'y arriver, croyez-moi, il y en a pour quelques années…

Scène 15 - Jacques Clément, seul.
Château de Saint-Cloud

Un crime commis au nom de Dieu. Certes ! J'ai fidèlement suivi ses voix, qui me dictaient de faire justice à ma famille et mes amis disparus dans le massacre de Courlon, à mon père aussi, dont les seigneurs du Senonais avaient condamné l'assassinat, mais dont la mémoire fut bafouée par la rémission de son meurtrier.

J'avais rêvé, avant de parvenir à mes fins, que je serais écartelé mais sans en éprouver la moindre douleur, sans pouvoir m'expliquer ce rêve. J'en connais aujourd'hui la raison : je suis déjà mort, quoi que mon corps ait à subir par la suite. C'est à peine, même, si j'ai senti l'épée de Montsiries me traverser. Un cadeau de Dieu, je suppose, pour avoir accompli sa volonté.

Ainsi donc tous m'ont cru benêt, incapable d'une entreprise aussi hardie que celle de libérer mon pays des abus d'un tyran. Tous, aussi instruits et intelligents qu'ils sont, ou croient être, je les ai bernés. Faut-il croire que ce soit un trait de caractère bien français, de sous-estimer ceux qui "n'ont pas l'air" capables de projets ambitieux. Tous ceux-là, aussi puissants soient-ils sur le moment, causeront leur perte et celle de leur monde, perdront leur influence et leur pouvoir en n'accordant pas d'importance aux gens aux "gens de peu" dont je fais partie.

Il m'est arrivé d'être étourdi, je l'avoue, en annonçant mon projet à mes camarades de couvent. J'ai été le sujet, à juste titre, de bien des railleries. Mais je me félicite d'avoir changé de stratégie en apprenant, finalement, à dissimuler mes projets. Les grands de ce monde ont tous été bien attrapés. Tous, oui, même ceux qui ont cru se servir de mes propres motifs pour la réalisation de leurs propres desseins : venger les frères Guise, l'aîné autant que son frère le cardinal. Qui leur en voudrait ? Pas moi, en tous les cas, car les moyens qu'ils m'ont donnés m'ont bien servi pour accomplir mes propres desseins. Qui s'est servi de qui, en fin de compte ? Je dirais plutôt que j'ai agi dans l'intérêt commun. Le mien autant que celui des Guise, celui de mon pays, celui de la foi catholique.

Quel mobile sera retenu par la postérité ? Dans le premier temps, celui le plus évident, je suppose, mais pas celui le plus vrai. Peu importe. Le fait est là, peut-être qu'un jour, la vérité la plus crue ressurgira, à la faveur de quelques historiens qu'aucune peur de chercher ou de parler ne viendra contraindre.

On ne se souviendra peut-être pas de Jacques Clément, puisque je serais certainement condamné à l'oubli. Mais tous sauront, un jour, de quelle manière, et pour quels motifs, un jour, un jeune moine a signé de son fait la fin des Valois.

Scène 16 - Henri de Navarre, Roger de Bellegarde
Château de Saint-Cloud

Roger de Bellegarde
Voilà, Monseigneur, l'histoire telle qu'elle est. Comme vous pouvez le constater, elle est beaucoup plus complexe que ce que nous pouvions imaginer.

Henri de Navarre
Regarde par la fenêtre, puis se tourne vers Bellegarde
Que Madame de Montpensier soit derrière toutes les manœuvres de la Ligue, cela ne faisait aucun mystère : j'ai entendu dire qu'elle s'était vantée de cet attentat et regrettait seulement de n'avoir pas été présente au moment où Henri a reçu le coup de poignard. Qu'elle veuille venger ses frères était évident. J'ignorais qu'elle irait jusqu'à fouiner dans un petit village du senonais pour y trouver un homme assez exalté pour braver la mort et la torture et tenter ce que d'autres ont cru impossible.

Roger de Bellegarde
Hélas, ce n'était pas "n'importe quel petit village": c'était précisément un village où vivait l'une des maîtresses du roi, et dont l'époux jaloux a facilité les choses à la duchesse.

Henri de Navarre
Bellegarde, on ne peut affirmer que cet humble seigneur aie sciemment mis en relation la duchesse avec le moine dans le but de permettre un attentat. Nous ne pourrions de toutes façons le prouver : ce genre d'intention et d'acte, qui l'avouerait par écrit ? Mais il est clair que sa jalousie et la farce dont il fut le dindon a eu pour conséquence de le rapprocher de la Ligue, et de l'amener à lui servir le moine vengeur sur un plateau, sans être au courant des intentions des Guise… On peut dire, en tous les cas, qu'Henri le troisième a signé son arrêt de mort en prenant maîtresse dans ce village. Sans cette amourette, le moine ne serait probablement jamais venu à Paris pour le tuer.

Roger de Bellegarde
Si ce n'avait pas été le moine, cela aurait été quelqu'un d'autre…

Henri de Navarre
Ce n'est pas certain, Bellegarde, ce n'est pas certain. Qui est assez fou pour accepter d'endurer l'écartèlement, châtiment réservé aux régicides, à part un autre fou ? Même pour les beaux yeux de Mme de Montpensier…

Roger de Bellegarde
Quelle décision allez-vous donc prendre, Monseigneur ?

Henri de Navarre
Pour commencer, punir les coupables, bien entendu, comme Sa Majesté la Reine m'en a pressé. Mais ménager les Guise…

Roger de Bellegarde
Ménager les Guise, malgré le souhait de la reine Louise de faire punir les coupables, et ce bien qu'ils soient de sa famille ? Pensez-vous, Majesté, que les Guise vous ménageront, eux ? Il y a encore Mme de Montpensier, et son frère le Duc de Mayenne, qui a repris

la tête de la Ligue et a derrière lui, une belle armée, à commencer par celle que lui octroie son gouvernement de Bourgogne…Il agira peut-être sous couvert du prétendu roi Charles X, mais il agira…

Henri de Navarre
Allons donc, Bellegarde, ne nous enflammons pas ! S'il a en effet les forces catholiques derrière lui et reste un bon capitaine, il est notoire qu'il n'a pas, contrairement à son défunt frère Henri, l'étoffe d'un meneur. On lui reproche souvent sa brutalité, opposée aux manières agréables et respectueuses d'Henri. D'ailleurs, il est manœuvré par sa sœur, dont la réputation est exécrable, à la cour. Voilà qui ne va pas le servir. De surcroît, j'ai acquis le soutien de la Reine d'Angleterre…Oh, je sais que Charles ne me reconnaîtra pas comme souverain, en tout cas pas tant que je resterai protestant. Mais le ménager m'aidera à faire de lui un opposant moins farouche que si j'accusais officiellement les Guise de cet attentat. Et si je suis censé punir les coupables, n'en déplaise à la veuve du roi, je dois aussi instaurer la paix. Une paix qui manque depuis si longtemps à notre pays. En un sens, on peut dire que les choses sont revenues à leur place. Les Guise ont payé leur implication dans le massacre de la Saint-Barthélemy et l'assassinat de l'amiral de Coligny, le roi Henri est mort pour avoir fait assassiner les deux frères Guise, et tant d'autres, y compris les Huguenots… En somme, chacun a payé de sa vie l'énorme dette qu'il avait contractée.

Roger de Bellegarde
Et votre décision, donc, au regard de la postérité ?

Henri de Navarre
Un crime commis par un religieux. Comment le qualifier autrement qu'un crime religieux, commis au nom de Dieu ?

Roger de Bellegarde
Et le corps du moine ?

Henri de Navarre
Dicte sa décision à Roger de Bellegarde
Veuillez prendre note de mon arrêté, et allez dire à Monsieur de la Verchière qu'il en produise un acte officiel : *"Le roi étant en son conseil, après avoir oui le rapport fait par le sieur de Richelieu, Chevalier de ses ordres, conseiller en son conseil d'État, prévôt de son hôtel et grand prévôt de France, du procès fait au corps mort de feu Jacques Clément, jacobin, pour raison de l'assassinat commis en la personne de feu bonne mémoire Henry de Valois, naguère roi de France et de Pologne.*
Sa majesté, de l'avis de sondit conseil, a ordonné que le corps dudit feu Clément soit tiré à quatre chevaux ; ce fait, le corps brûlé et mis en cendres, jeté en la rivière, à ce qu'il n'en soit à l'avenir aucune mémoire.
Fait à Saint-Cloud, ladite majesté y étant, le deuxième jour d'août mil cinq cent quatre-vingt-neuf.
Signé : HENRY

Roger de Bellegarde
Je le lui porte dès maintenant. (*Il court vers la porte, puis, soudain s'arrête*). Monseigneur, pardonnez-moi. Au-delà de cet attentat, que comptez-vous faire, je veux dire : pour le trône ?

Henri de Navarre
Bellegarde, mon ami, ne soyez pas inquiet. A bien des obstacles je me suis préparé. Je sais dès maintenant que Mme de Montpensier ne cessera pas ses intrigues à la cour, et qu'en elle j'ai rencontré une indéfectible et irréductible adversaire. Mais sa santé vacille, usée par tant de deuils et de colères, de manigances. Il se pourrait qu'elle s'épuise, bientôt. Quant au Duc de Mayenne, je sais aussi que je devrai le combattre et vaincre ses résistances.

Roger de Bellegarde
Monseigneur. Et qu'en est-il de votre foi ?

Henri de Navarre
Bellegarde, que l'on soit catholique ou protestant, on reste chrétien. Ma famille, toujours, fut partagée entre les deux déclinaisons de la chrétienté. Nul ne m'en voudra si je me convertis.

Roger de Bellegarde
Vous convertir, Majesté ? Êtes-vous bien décidé ?

Henri de Navarre
Monsieur de Bellegarde, vous avez entendu, aussi bien que moi, notre défunt roi : seul un catholique pourra monter sur le trône. Si c'est la seule condition qui me permette de réunifier le Royaume, et de mettre fin aux guerres de religions, de protéger la vie des protestants et des catholiques, ce ne peut être qu'une juste conversion.

Roger de Bellegarde
Pensif
Pour monter sur le trône, vous devez aussi reconquérir Paris.

Henri de Navarre
Il regarde par la fenêtre, hoche la tête, puis se tourne vers Bellegarde.
Et Paris vaut bien une messe !

RIDEAU

UN PEU D'HISTOIRE...

Chapitre 1
La situation en France en 1589, à la veille de l'assassinat d'Henri III

I - L'enlisement des Guerres de religion

L'origine des guerres de religion

Il s'agit des huit guerres d'origine religieuse qui se sont succédé dans le royaume de France de 1562 à 1598, opposant partisans du catholicisme et partisans du protestantisme (les "huguenots") dans des opérations militaires pouvant aller jusqu'à la bataille rangée. Les catholiques sont en général soutenus par le pouvoir royal et son armée, mais les deux camps disposent de leurs propres forces militaires, la noblesse française étant divisée entre les deux confessions, y compris la haute noblesse.

À la fin du règne d'Henri II, émergent deux tendances confessionnelles, divisant le royaume de France en deux factions : une faction catholique et une faction protestante. Après la mort accidentelle du roi au cours d'une joute, le pouvoir royal s'affaiblit sous la régence de Catherine de Médicis. Les protestants s'affirment tandis que les catholiques adoptent une position de plus en plus rigoriste. La guerre civile commence et les conflits se succèdent. Quelques rares périodes de paix fragile et de courte durée viennent enrayer cette longue période d'affrontements. Un édit de pacification autorisant plus ou moins le culte protestant est promulgué, mais les catholiques les plus extrémistes, notamment la famille de Guise, refusent de le reconnaître.

Le fondement religieux de cette division est le mouvement de réforme de l'Église catholique initié en 1517 par le moine allemand Martin Luther, excommunié et mis au ban de l'Empire en 1520, mais qui, soutenu contre l'empereur Charles Quint par plusieurs princes allemands (surnommés "protestants" à partir de 1529), est à l'origine d'un long conflit dans le Saint-Empire, conclu en 1555 par la paix d'Augsbourg qui permet à chaque prince de choisir la confession de ses États, selon le principe du *cujus regio, ejus religio* (tel prince, telle religion). En France, le protestantisme, réprimé dès les années 1520, ne se développe que dans les années 1540 avec le calvinisme, initié par le Français Jean Calvin, chef religieux des réformés (calvinistes) français.

L'émergence du protestantisme, en France et ailleurs
Les pères du protestantisme et le fondement de leurs convictions

Martin Luther (1483-1546) est un moine allemand, frère augustin, théologien, professeur d'université, né en Saxe dont les idées exercèrent une grande influence sur la réforme protestante qui changea le cours de la civilisation occidentale.

Préoccupé par les questions de la mort et du salut qui caractérisent le christianisme du Moyen-âge tardif, il puise des réponses dans la Bible. Selon Luther, le salut de l'âme est un libre don de Dieu, reçu par la repentance sincère et la foi authentique en Jésus-Christ comme le Messie, sans intercession possible de l'Église. Il défie ainsi l'autorité papale en tenant la Bible pour seule source légitime d'autorité chrétienne, scandalisé par le commerce des indulgences instauré par les papes Jules II et Léon X pour financer la construction de la basilique Saint-Pierre de Rome, en publiant le 31 octobre 1517 les *95 thèses* (Dispute sur la Puissance des Indulgences).

Sommé par Léon X de se rétracter, il est excommunié le 3 janvier 1521 et convoqué par Charles Quint, il refuse, s'estimant soumis à sa conscience et à la Bible et non à l'autorité ecclésiastique. La Diète de Worms, sous la pression de Charles Quint, décide alors de mettre Martin Luther et ses disciples au ban de l'Empire (déchus de ses droits juridiques et de cité, proscrits). Il compose alors ses textes les plus connus et les plus diffusés. C'est là qu'il se lance dans une traduction de la Bible en Allemand à partir des textes originaux. Luther adopte vers la fin de son existence une attitude de plus en plus judéophobe. En 1543, trois ans avant sa mort, il publie *Des Juifs et de leurs mensonges*, pamphlet d'une extrême violence où il prône des solutions telles que brûler les synagogues, abattre les maisons des juifs, détruire leurs écrits, confisquer leur argent et tuer les rabbins qui enseigneraient le judaïsme. Condamnés par quasiment tous les courants luthériens, ces écrits et l'influence de Luther sur l'antisémitisme ont contribué à rendre son image controversée.

Jean Calvin (1509-1564), théologien français né à Genève. Important réformateur et pasteur emblématique de la réforme protestante du XVIème siècle, notamment pour son apport à la doctrine dite du calvinisme.

Après des études de droit, Calvin rompt avec l'Église catholique romaine vers 1530. Du fait des persécutions contre ceux qu'on appellera plus tard les « protestants » en France, Calvin se réfugie à Bâle, en Suisse, où il publie la première édition de son œuvre maîtresse, *l'Institution de la religion chrétienne* en 1536. La même année, il est recruté par Guillaume Farel pour aider à la réforme de l'Église à Genève. À la suite d'un différend entre les pasteurs et le Conseil municipal, Calvin et Farel sont expulsés de Genève. À l'invitation de Martin Bucer, Calvin se rend à Strasbourg, où il séjourne entre 1538 et 1541, devenant pasteur d'une église de réfugiés français et wallons. De Strasbourg, il continue à soutenir le mouvement réformateur à Genève. Il est finalement invité à revenir dans la cité genevoise en 1541.

Après son retour, Calvin introduit une nouvelle liturgie et des idées politiques novatrices malgré l'opposition de plusieurs puissantes familles de la ville. Il passe les dernières années de sa vie à promouvoir la Réforme à Genève et dans toute l'Europe.

Calvin est un écrivain apologétique et un polémiste engagé dans de nombreuses controverses. Outre l'*Institution*, il rédige des commentaires sur la plupart des livres de la Bible, de même que des traités de théologie et des confessions de foi. Il prêche régulièrement à Genève et écrit pour soutenir les martyrs protestants qui attendent leur exécution. Calvin est influencé par la tradition augustinienne qui le pousse à adopter les concepts de prédestination et de la souveraineté absolue de Dieu en ce qui concerne la rédemption et donc aussi la damnation. Les écrits et les prédications de Calvin fondent la théologie réformée. Les Églises réformées, presbytériennes et congrégationalistes ont adopté la pensée calvinienne et l'ont largement diffusée.

Les Guerres de religion par ordre chronologique et leurs faits marquants

Première Guerre de Religion : 1562 -1563

Elle a pour point de départ le massacre de Wassy le 1er mars 1562, et marquée par l'émergence de deux clans : celui des Guise contre celui du prince de Condé.

Revenant de Lorraine, François de Guise se rend compte que les protestants de Wassy (Ville de la région Champagne) célèbrent leur culte dans la ville close, et non en dehors, contrairement à ce qui est promulgué dans l'édit de Janvier. Il charge les protestants et en tue une centaine parmi les 1200 regroupés dans une grange.

Ce fait se réitérant à Sens (89), à Tours (37), dans le Maine et en Anjou, les protestants, sous le commandement du prince de Condé, prennent les armes et occupent Orléans, où François de Guise sera assassiné, le 24 février 1563, par un seigneur protestant, Jean Poltrot de Méré.

Les massacres se multiplient des deux côtés. Une paix, précaire, sera instaurée par Catherine de Médicis via la "Paix d'Amboise" et un tour de France Royal effectuée en compagnie du jeune roi Charles IX.

Plus tard, Henri de Guise, fils de François, accusera l'Amiral Gaspard de Coligny, protestant, d'avoir commandité le meurtre de son père, mais certains historiens attribuent ce geste à Maurevert, homme de confiance de Catherine de Médicis, qui aura désormais plus de marge de manoeuvre pour instaurer la paix d'Amboise.

Deuxième Guerre de Religion : 1567-1568
Elle débute le 28 septembre 1567 (surprise de Meaux) moment où le prince Louis de Condé tente de s'emparer de la famille royale sous prétexte de vouloir la "libérer d'influences étrangères

néfastes". L'échec du complot fait craindre aux protestants des représailles. Ils s'emparent du pouvoir dans les villes où ils sont puissants. Catherine de Médicis abandonne alors sa politique de tolérance, faisant ainsi échec à l'édit d'Amboise, qui ne garantissait finalement la liberté de culte qu'aux nobles. Les villes protestantes du midi se soulèvent et les deux armées s'affrontent à nouveau. La paix ne sera restaurée que le 23 mars 1568, lors de la signature de la Paix de Longjumeau, qui reprend les clauses de l'édit d'Amboise.

Pendant cette deuxième guerre et notamment à l'occasion de la descente des protestants en Bourgogne, aura lieu le massacre de Courlon en 1567, où les protestants tuèrent villageois et ecclésiastiques, ne laissant que de rares survivants. Le prétexte à ce massacre avait été rapidement trouvé, Condé ayant reçu comme un outrage le fait de se voir refuser l'entrée du village par les courlonnais, qui avait érigé une muraille autour pour empêcher son accès aux protestants.

<u>Ci-dessus :</u> le prince Louis de Condé.

Pôle économique local placé à mi-chemin entre Vinneuf et Serbonnes, lieu de rencontres familiales et de fêtes, où l'on peut supposer que Jacques Clément et sa mère avaient des racines, Courlon était aussi situé non loin de Vallery (18 kilomètres) où est situé le château des Condé.

<u>*Ci-dessous :*</u> *le château de Vallery*

<u>*Ci-dessus :*</u> *L'itinéraire entre Serbonnes et Vallery, situé non-loin*

Troisième Guerre de Religion : 1568-1570

Le pouvoir royal n'accorde plus sa confiance au prince de Condé. La Paix, fragile, existe avant tout pour permettre aux deux armées rivales de se reconstituer et de s'organiser. Les catholiques tentent de capturer par surprise le prince de Condé, au château de Noyers-sur-Serein, près de Sens en Bourgogne, ainsi que l'amiral de Coligny au château de Tanlay, situé également dans l'Yonne. Mais le projet échoue et les chefs protestants se retirent à La Rochelle pour y trouver refuge, rejoints par Jeanne d'Albret et son fils Henri de Navarre (futur Henri IV). Une bulle de Pie V ordonnant la croisade contre les hérétiques est enregistrée au Parlement de Toulouse. Elle ne fait que confirmer les craintes des protestants.

Coligny, qui a réuni peu à peu les lambeaux de l'armée, continue sa retraite par le Midi. Il passe en Languedoc et remonte ensuite le long de la vallée du Rhône. À la grande surprise des catholiques, il remporte sur Cossé la bataille d'Arnay-le-Duc le 27 juin 1570, avant de s'établir à la Charité-sur-Loire, bloquant ainsi la route du midi aux catholiques. Cet événement précipite la signature d'une nouvelle trêve, l'édit de Saint Germain, le 8 août 1570, qui accorde aux protestants une liberté limitée de pratiquer leur culte dans les lieux où ils le pratiquaient auparavant ainsi que dans les faubourgs de 24 villes (deux par gouvernement). Ce traité garantit quatre places de sûreté aux protestants : La Rochelle, Cognac, Montauban et La Charité.

Quatrième Guerre de Religion : 1572-1573: la Saint-Barthélemy

Refusant à Henri de Guise la main de sa fille Marguerite, Catherine de Médicis décide, pour sceller la paix entre catholiques et protestants, de lui faire épouser Henri de Navarre, huguenot. Pendant les festivités qui suivent le mariage de Marguerite de Valois avec le roi de Navarre Henri de Bourbon, l'amiral de Coligny est victime d'une tentative d'assassinat. Les protestants venus en grand nombre à Paris pour le mariage réclament vengeance. Les chefs catholiques, dont le duc de Guise, décident de supprimer purement les chefs protestants. Contrairement à ce qui est suggéré par Alexandre Dumas père (dans *"la Reine Margot"*), qui avance l'hypothèse d'un coup de folie de Charles IX, souverain notoirement faible, le point de départ du massacre n'est pas véritablement connu. Ainsi débute, le 24 août 1572, le massacre de la Saint-Barthélemy, faisant trois mille morts à Paris et s'étendant à plusieurs villes, entre autres à Meaux (25 août), Orléans (26 août), Lyon (31 août), en dépit de l'ordre royal d'arrêter les effusions de sang. Le culte protestant est interdit et les Réformés encouragés, voire forcés, à se convertir. Le conflit est relancé.

<u>Ci-contre</u> : *portrait des époux Navarre: Henri et Marguerite de Valois*

Ci-dessous : Catherine de Médicis dévisageant les victimes protestantes de la Saint Barthélémy. Tableau de Édouard Debat-Ponsan - Louvre. Par la description d'une reine mère hautaine, on peut en déduire que le peintre lui attribuait une responsabilité assumée dans ce massacre.

Cinquième Guerre de Religion : 1574-1576

Elle a pour fondement le complot des Malcontents, dirigés par le frère cadet du roi, le duc François d'Alençon, qui s'oppose au gouvernement formé par Catherine de Médicis et les partisans de Henri d'Anjou, alors roi de Pologne. Ce parti conteste en effet la faveur donnée aux radicaux catholiques par la couronne. La conjuration des Malcontents s'accompagne d'une prise d'armes des protestants. Ils s'emparent de places en se déguisant de costumes carnavalesques. C'est la *surprise du Mardi Gras*. Après la mort en

1574 de Charles IX, sans héritier, au terme d'une grave maladie, laissant le trône à Henri d'Anjou devenu Henri III, Alençon mène plusieurs frondes et révoltes, que même les troupes d'Henri de Guise ne parviennent pas à juguler. En 1676, les coalisés, encerclant Paris, forcent Henri III à s'incliner. La Paix est signée à Etigny et le roi accorde l'édit de Beaulieu qui garantit la liberté de culte aux protestant et des places de sûreté. Des chambres mi-parties sont créées, partis protestants et catholique y étant représentés à parts égales. Le roi indemnise également les victimes de la Saint Barthélémy. Les dispositions de cet édit seront à la base de l'édit de Nantes en 1598.

Henri III, roi de Pologne puis de France

François de France
Duc d'Alençon, Chef du parti des Malcontents

Sixième Guerre de Religion : Mai 1577-septembre 1577

S'insurgeant contre les termes de l'édit de Beaulieu, trouvés excessifs, les catholiques reprennent les armes. Alors que le roi se trouve isolé entre les partis catholiques et les protestants, François d'Alençon, soucieux de préserver malgré tout l'unité du royaume, rallie les troupes royales. S'ensuit une nouvelle série de batailles où aucun des clans n'est en mesure de l'emporter. La Paix de Bergerac, concrétisée par l'édit de Poitiers, met un terme provisoire à ces affrontements. Elle restreint les conditions du culte protestant, limité à une seule ville par bailliage et seulement dans les faubourgs.

Septième Guerre de Religion : 1579-1580

Catherine de Médicis entreprend un nouveau voyage dans tout le royaume et rencontre les différents partis, les gouverneurs des provinces, avec pour objectif d'établir une paix définitive. En 1579, elle signe au nom du roi le traité de Nérac, qui donne aux protestants quinze places de sûreté pour six mois. Six mois plus tard, les protestants refusent de rendre les places. De son côté, Henri de Navarre prend Cahors, obtenant ainsi, via la paix de Fleix, le maintien de 15 places de sûreté pour 6 ans aux protestants. Au fil des guerres, l'autorité royale s'étiole face aux gouverneurs des provinces. Navarre est gouverneur de Guyenne, Condé gouverneur de Picardie. Les Guise dirigent la Bretagne, la Bourgogne, la Champagne, la Normandie. Dans certaines régions (en Provence par exemple), les partis se partagent le pouvoir.

Maison des conférences de Nérac, actuellement musée du Protestantisme. C'est dans ces bâtisses que Catherine de Médicis négocia le traité de Nérac.

Huitième Guerre de Religion : 1585 -1598
En 1584, le duc François d'Alençon, héritier présomptif du trône, décède, sans descendance. Le mariage de Henri III avec Louise de Lorraine-Vaudémont est resté infertile, et les catholiques refusent

d'envisager qu'Henri de Navarre, protestant, succède au trône. Le traité de Joinville est alors signé entre la Ligue et Philippe II d'Espagne, qui s'engage à verser 50.000 écus par mois pour payer les soldats de la Ligue et consent à ce que Charles de Bourbon, catholique, oncle de Henri de Navarre, soit désigné comme successeur au trône.

En mai 1588, alors qu'il s'est vu interdire Paris, Henri de Guise, reconnu chef légitime de la Ligue malgré les tentatives de Henri III pour en prendre le pouvoir, brave l'interdiction royale. Craignant pour sa vie, le roi fait entrer dans la capitale les gardes Suisses et les gardes françaises, violant ainsi un privilège interdisant l'accès des roues étrangères, et provoquant l'insurrection des Parisiens. C'est la journée des barricades, au terme de laquelle Henri de Guise prend possession de Paris et humilie le roi qui fuit à Saint-Cloud puis à Chartres. Le 23 décembre 1588, le roi profite de la réunion des États-Généraux à Blois pour convoquer Henri de Guise et son frère le cardinal de Lorraine et les fait assassiner, ravivant l'opposition de la Ligue et son hostilité vis-à-vis de la famille royale.

Assassinat du Duc de Guise
(par Paul Delaroche, 1797-1856)

Charles de Mayenne, frère cadet des deux Guise assassinés, prend à la fois le contrôle de la Ligue et de la capitale, refusant catégoriquement toute négociation avec la couronne. Les troupes du roi sont encore suffisamment nombreuses mais le roi est politiquement isolé. Il se rallie à Henri de Navarre et conduit avec lui le siège de Paris. De leur côté, les prêcheurs catholiques désignent Henri III comme un tyran à éliminer, la Sorbonne délivre le peuple de son devoir d'obéissance au monarque, lequel est menacé d'excommunication par le pape.

La dénégation du souverain comme dépositaire de l'autorité divine détermine Jacques Clément (lequel avait, au préalable, des griefs personnels contre la famille), à préparer et accomplir le 1er août 1589 l'assassinat du roi Henri III, qui meurt le lendemain des suites de ses blessures, après avoir désigné Henri de Navarre comme successeur. Mais les volontés du défunt roi ne sont que partiellement suivies, Navarre n'étant reconnu comme souverain que par une partie de la cour royale. Il devra se convertir mais aussi gagner bien des batailles avant d'être couronné en 1594 et mettre fin aux guerres de religion via l'édit de Nantes en 1598.

Peinture de Hugues Merle, 1863

II - La légende noire de la famille royale Valois

La légende populaire, peut être exacerbée par la version -romancée- d'Alexandre Dumas père ("La Reine Margot"), a présenté la famille de Valois, et principalement celle fondée par Henri II, comme une famille profondément malfaisante, dont les maladies (mentales supposées et physiques avérées) seraient la conséquence directe d'une consanguinité aggravée sur plusieurs générations, tant du côté des capétiens (Henri II) que du côté des Bourbons et Médicis. De même, on a attribué l'instigation du massacre de la Saint-Barthélemy à un Charles IX faible et fou, à une Catherine de Médicis manipulatrice et dissimulatrice et à un Henri d'Anjou (futur Henri III, roi de Pologne et de France) psychopathe.

Il semble que l'esprit partisan de certains historiographes ait à la fois faussé et noirci certains faits ainsi que les personnages liés à cette quatrième guerre de religion symbolisée par le massacre de la Saint-Barthélemy. Et, si l'on peut reconnaître que l'usage du pouvoir a parfois été détourné ou exercé de façon abusive par la famille Valois, il convient de rendre à ses membres certains mérites.

A commencer par celui de Catherine de Médicis, instauratrice de la liberté de conscience et de culte, ayant, à de nombreuses reprises, tenu tête aux leaders du parti des catholiques, en tentant, à plusieurs reprises, de faire accepter par la population le concept de tolérance civile, notamment avec l'édit de Janvier de 1562. De son côté, Charles IX a ordonné, le matin même du 24 août 1572, de faire cesser les tueries menées à l'encontre des protestants. On peut reprocher à la mère comme au fils d'avoir manqué de l'influence nécessaire pour faire cesser les assassinats et de ne pas avoir su empêcher les massacres, mais il est de plus en plus douteux qu'ils en aient été les instigateurs.

Par ailleurs, un fait historique est à prendre en compte : sur le cadavre même du Duc de Guise, assassiné par les "Quarante-cinq" du roi Henri III le 23 décembre 1588 fut découvert un billet rédigé en ces termes : *« Pour entretenir la guerre en France, il faut sept cent mille écus, tous les mois ».* Cela billet montre avec éloquence que l'intention, plus ou moins assumée des Guise, prétendants à la succession au trône, était non pas d'entretenir la paix entre protestants et catholiques, mais au contraire que leur intérêt était de faire perdurer les conflits, certainement pour affaiblir l'influence et le pouvoir de la famille Valois et discréditer la branche de Navarre. En outre, Henri de Guise avait un mobile personnel, en plus des ambitions politiques : épris de Marguerite de France (de Valois), il avait demandé à Catherine de Médicis la main de sa fille, ce qui lui avait été refusé au profit du huguenot Henri de Navarre, la reine mère souhaitant non seulement asseoir symboliquement la paix entre catholiques et protestants mais aussi barrer la route aux Guise dans leur course au pouvoir et aux catholiques en général dans leurs velléités rigoristes. La reine mère n'avait pas obtenu l'autorisation papale (Grégoire XIII exigeant la conversion du fiancé) et il avait fallu convaincre Charles 1er de Bourbon, archevêque de Rouen et oncle d'Henri de Navarre, pour le célébrer. Un prétendant doublement éconduit, donc, tant sur le plan politique que personnel. On peut alors décemment imaginer que la fureur déjà manifeste des intransigeants catholiques (prêcheurs comme fidèles) a été attisée par ce mariage présenté comme hérétique par le duc Henri de Guise, leader de la Ligue Catholique, et sa famille.

III - Le problème posé par la succession d' Henri III

Une descendance "Valois" abondante, mais décimée et sans descendance

Le couple Henri II/Catherine de Médicis a eu au total 10 enfants : 5 garçons et 5 filles.

FILS DE CATHERINE ET HENRI II	FILLES DE CATHERINE ET HENRI II
François II (1544-1560) Louis de France (1549-1550) Charles IX (1550-1574) Henri III (1551-1589) François de France (1555-1584)	Elisabeth de France (1545-1568) Claude de France (1547-1575) Marguerite de France (1553-1615) Victoire de France (24/06 - 17/08/1556) Jeanne de France (Mort-née 24/06/1556)

La loi salique en vigueur en France étant utilisée comme prétexte pour interdire aux filles de prendre la succession d'un trône, seuls les descendants "mâles" pouvaient régner. Ne restaient donc que les garçons pour prendre la succession.

Or :
- François II décède, sans descendance, à 16 ans, après 17 mois de règne, des suites d'une infection à l'oreille (otite, mastoïdite) ou d'une méningite ;
- Louis de France ne vit qu'un an et huit mois ;
- Charles IX décède, sans descendance, après 14 ans de règne (1560-1574), des suites d'une pleurésie consécutive à une pneumonie tuberculeuse.
- François de France, duc d'Alençon, dernier fils des Valois, meurt sans descendance de la tuberculose et de la malaria en 1584 ;

- Henri III décède, sans descendance, assassiné le 1er Août 1589.

Les successeurs les plus légitimes et les fondements de leur rivalité

Les lecteurs désireux de mieux cerner et comprendre la généalogie de nos protagonistes, ce qui les rapproche et les sépare, peuvent consulter la généalogie des Valois et des Bourbons sur cette page :

https://fr.wikipedia.org/wiki/G%C3%A9n%C3%A9alogie_des_Valois,_des_M%C3%A9dicis_et_des_Bourbons

Pour être plus concis, nous pouvons ne retenir que ces liens suivants:

- Henri III (de France) et Henri III de Navarre (futur Henri IV) sont cousins germains, ayant pour grand père commun François 1er,

François II

Charles IX

Les Princes de la maison de Valois

Louis de France

Henri III

François de France

lequel a eu deux enfants : Henri II et Jeanne III de Navarre (Jeanne d'Albret), laquelle a eu Henri de Navarre en épousant Antoine de Bourbon.

- Henri de Guise, par sa mère Anne d'Este, est le petit-fils de Renée de France, elle-même sœur de Claude de France, épouse de François premier. Renée étant belle-sœur du roi, elle constitue le point de départ de la branche cadette de la maison royale. D'où, entre autres facteurs, la puissance de la maison de Lorraine-Guise, dont il est issu, mais moins proche cependant de la couronne que ne l'est Henri de Navarre. Une des raisons supplémentaires qui font que Catherine de Médicis préfèrera donner la main de Marguerite au cousin germain d'Henri III.

IV - Les contraintes géopolitiques: situation en Angleterre/en Ecosse/en Espagne
L'influence de l'Espagne catholique défiée par les protestants et partisans de la liberté de conscience.

En 1558, la reine Marie 1ère d'Angleterre (Marie Tudor), décède sans descendance, désignant comme héritière du trône sa demi-sœur, Elisabeth 1ère d'Angleterre, née du même père (Henri VIII) et de Anne Boleyn. Celle-ci restaure l'anglicanisme instauré par son père, qui a rompu depuis de nombreuses années avec Rome.
Dans un premier temps, Philippe II soutient la nouvelle reine, préférant avoir une alliée protestante plutôt que de devoir traiter avec Marie Stuart, qui aurait soutenu le pays de son premier époux, François II, roi de France.

Mais les relations s'enveniment, le corsaire Francis Drake, connu pour être un mercenaire au service de la reine, menant une campagne acharnée contre les ports et navires espagnols dans les Caraïbes en 1585, 1586 et 1587. Le roi d'Espagne décide d'envahir l'Angleterre, mais cette tentative s'avère être un échec, la flotte espagnole étant vivement repoussée et étant divisée de moitié après cette offensive. L'Armada ne paraît désormais plus si invincible et, bientôt, les pays dominés par l'Espagne se rebellent et affirment de façon toujours plus déterminée et efficace leur rébellion et leurs convictions protestantes. Nombre de réfugiés huguenots sont d'ailleurs accueillis par la Reine d'Angleterre qui leur accorde sa protection.

Ecosse/Angleterre ; les reines s'affrontent et impactent le climat religieux et politique en France.

En 1560, après le décès de son époux le roi François II, Marie Stuart, fille de Marie de Guise et de Jacques V, repart en Ecosse reconquérir son trône, que lui a laissé son père en mourant alors qu'elle n'avait que 6 mois. Pendant toutes ces années de régence assurée par Marie De Guise, le protestantisme a gagné du terrain et Marie 1ère d'Ecosse cherche à restaurer la foi catholique. Elle épouse son cousin Lord Darnley (Henri Stuart), qui peut également prétendre à la couronne d'Angleterre. Son mariage avec Darnley, ainsi que le fait d'être reconnue comme la véritable héritière légitime de Marie Tudor place Marie Stuart en rivale aux yeux de Elisabeth.

Mais le mariage est désastreux, malgré la naissance d'un fils, Jacques (qui sera désigné comme successeur par Elisabeth 1ère) et la mort de son époux, assassiné, peut-être par Lord Bothwell, que Marie épousera plus tard, provoque un scandale qui la fragilise davantage encore. Craignant que Marie soulève contre elle ses sujets, Elisabeth la fait emprisonner dans diverses prisons anglaises et la garde en captivité 18 ans, avant de la faire exécuter en 1587, pour complot de meurtre envers la reine d'Angleterre.

L'exécution de leur ancienne reine, catholique, sur ordre d'une protestante, ravive les rancœurs des catholiques français vis-à-vis des protestants. La Ligue, fidèle aux membres de la famille de Guise (rappelons que Marie Stuart est la fille de Marie de Guise, sœur de François, tante d'Henri, duc de Guise), se sert de ce prétexte pour relancer les passions antagonistes, et incite les prêcheurs à se montrer plus fermes encore dans leurs discours à l'égard des "hérétiques".

Les protestants de France soutenus par l'Angleterre

En 1989, au moment où le futur Henri IV succède à Henri III, peu de fidèles du défunt roi acceptent de le reconnaître comme leur souverain : l'idée d'avoir un roi protestant sur le trône fait horreur aux dirigeants de la Ligue, désormais dirigée par Charles de Lorraine, duc de Mayenne. Par ailleurs, outre les prétextes religieux, les Ligueurs proclament Charles 1er de Bourbon, oncle d'Henri de Navarre et archevêque de Rouen, comme roi de France, conformément à ce qui a été négocié entre le roi d'Espagne et la Ligue lors de la signature du traité de Joinville en 1584 ou 1585 (selon les sources). Cette manœuvre a pour but de gagner du temps en attendant que les Ligueurs s'organisent pour placer l'un des leurs sur le trône, convoité par le Duc de Mayenne. Mais le tout nouveau Charles X meurt le 9 mai 1590, après avoir désigné son neveu comme successeur légitime.

Elisabeth 1ère d'Angleterre apporte son soutien militaire au roi de Navarre, dont l'accès au trône est contesté par la Ligue et Philippe II d'Espagne. Navarre est par ailleurs abandonné par les protestants intransigeants qui lui reprochent sa trop grande proximité avec les anciens favoris de Henri III, le duc d'Épernon et Roger de Bellegarde, pourtant hostiles à la Ligue, et l'accusent de vouloir brimer les huguenots une fois qu'il sera (re)converti au catholicisme, comme le pressent de le faire les catholiques modérés, fidèles au parti de la couronne. Mais le manque de maîtrise de la Reine d'Angleterre sur ses généraux placés outre-manche fait perdre à Henri de Navarre le siège de Paris et une grosse partie de son armée. Progressivement, les soutiens anglais se font moins efficaces et constants...

Malgré son infériorité numérique, l'armée du futur Henri IV domine les troupes du duc de Mayenne, notamment à Arques. Son respect des églises et des fidèles catholiques, son humanité, lui valent le soutien et le ralliement de la noblesse et de la population. Henri finit par gagner l'adhésion des catholiques modérés en abjurant la foi calviniste le 25 juillet 1593 et est sacré le 27 février 1594. La fameuse phrase *"Paris vaut bien une messe"*, lui aurait, selon les historiens, été prêtée à tort. Elle aurait pourtant tout son sens, sortant de la bouche d'un monarque qui a changé quatre fois de confession (même si l'abjuration post Saint-Barthélemy a été forcée). Il bat de façon définitive, le 5 juin 1595, à Fontaine-Française, dans le duché de Bourgogne, les troupes de la Ligue et de Charles de Mayenne qui finit par lui prêter allégeance.

**Mourant, Henri III désigne Henri de Navarre
comme successeur au trône de France**
(Tapisserie du XVIème siècle)

Chapitre 2
Zoom sur les personnages de l'histoire

Henri III et les siens (le clan royal)

Henri de Valois (Henri III)
19/09/1551 - 02/08/1589 (Mort à l'âge de 38 ans)

<u>Prédécesseurs :</u>
Son père Henri II puis ses frères Charles IX, François II,

Sa mère Catherine de Médicis rêvant de placer une couronne sur la tête de tous ses fils, il part en Pologne pour y être élu roi alors que son frère aîné Charles IX est roi de France. A la mort de celui-ci, Henri s'enfuit (au sens propre du terme, car il est poursuivi par le gouvernement polonais qui veulent le garder) pour rentrer en France et occuper le trône. Il devient alors roi de France et transmet alors à son jeune frère, François d'Alençon, le titre de Duc d'Anjou.

Henri s'éprend passionnément de Marie de Clèves dont il tente de faire annuler le mariage avec le prince de Condé pour l'épouser. Hélas, Marie meurt en couches, et Henri, anéanti, rencontrera et aimera plus tard Louise de Lorraine-Vaudémont, qui ressemble étrangement à Marie de Clèves, et qu'il épouse, au grand désarroi de Catherine de Médicis : Louise est issue de la maison de Lorraine, et donc proche des Guise, ce qui accroît l'influence de cette maison déjà puissante. Malheureusement, ce mariage d'amour sera infertile, Louise ne parvenant pas à donner un héritier au trône de France. François d'Anjou (ex- duc d'Alençon) étant décédé d'une tuberculose en 1584, Henri III est le dernier fils vivant de la lignée des Valois, et son héritier le plus légitime se trouve donc être Henri de Navarre, son cousin. Cela relance les querelles de religions : les catholiques, et principalement la "Sainte-Ligue", refusent en effet de voir un protestant monter sur le trône.

Aimant beaucoup et sincèrement les femmes, tenant à être tenu au courant de tout et à connaître son royaume sous tous ses aspects, Henri collectionne les conquêtes et les voyages. On garde notamment trace de son passage sur les murs du château du Petit Varennes, à Serbonnes (Yonne), qui était, à l'époque, la propriété d'un couple de seigneurs locaux : Mathieu III de Brunel, seigneur du Sénonais, et sa jeune épouse Marguerite de Bronze.

Henri est, de façon notoire, le "fils préféré" de Catherine de Médicis, avec laquelle il entretient une relation fusionnelle, bien qu'il lui tienne tête à plusieurs reprises, et notamment en ce qui concerne le choix de son épouse. De son père Henri II, il a hérité l'instinct d'imposer à son royaume la foi catholique, sans aucune concession. De sa mère, il a adopté cette volonté d'instaurer la tolérance et la paix entre les religions. Cette double influence se manifestera notamment dans une instabilité permanente concernant le choix de ses alliés politiques (Les Guise, la Ligue et le roi d'Espagne d'un côté, Navarre et les protestants de l'autre), et de la politique à adopter, sans cesse déchiré entre la rigueur et la souplesse. On lui prête également un rôle majeur dans le massacre de la Saint-Barthélemy, le 24 Août 1572, dans lequel le duc de Guise est aussi impliqué.

D'un abord avenant, affichant, comme ses cousins Navarre et Guise des manières agréables, Henri cache une haine féroce, parfois teintée de paranoïa, contre ceux qui pourraient lui contester autorité et influence, ce qui l'amène à craindre des coalitions qui n'ont pas encore de réalité matérielle et à prêter à ses rivaux des intentions qu'ils n'ont pas forcément. Ainsi accuse-t-il, après la journée des barricades, le duc Henri de Guise d'avoir des visées sur le trône (ambition qui est plus le fait de son entourage -son frère le cardinal de Lorraine, et sa sœur Catherine de Montpensier- que de lui-même). A travers ses actes transpire une dualité très marquée : celle d'un esprit vindicatif et même sanguinaire, dissimulé sous des reproches et "avertissements" affectueux.

Cette inconstance, mais aussi et surtout le "coup de majesté" très controversé qu'est l'assassinat commandité des deux princes lorrains (le Duc Henri de Guise et son frère Louis de Lorraine, cardinal, le 23 décembre 1588, au château de Blois), font percevoir le roi Henri III comme étant l'ennemi déclaré du catholicisme. Le moine Jacques Clément, natif de Serbonnes, fanatique religieux ayant juré d'exterminer tous les hérétiques, parviendra, contre toute attente, à approcher le roi et à le poignarder, le 1er août 1589. Henri décédera de ses blessures le 2 août au matin, après avoir désigné Henri de Navarre comme successeur et enjoint ses proches de lui obéir sans réserve.

Catherine de Médicis
13/04/1519 - 5/01/1589

<u>*Époux :*</u> Henri II
<u>*Enfants ayant régné*</u> (sur 7 survivants):
François II (1544-1560), Charles IX (1550 - 1574)
Henri III (1551-1589)
Autres enfants : Elisabeth de France (1545-1568, épouse de Philippe II, roi d'Espagne), Claude de France (1547-1575, épouse de Charles III, duc de Lorraine et de Bar), Louis de France (1549-1550) Marguerite de France (1553-1615, épouse de Henri de Navarre), François d'Alençon (1555-1584), Victoire et Jeanne de France (nées et décédées en 1556).

On connaît surtout Catherine de Médicis -ou plutôt sa légende noire- pour sa personnalité complexe et la politique trouble dont elle a marqué les affaires de la France auprès de ses fils, tandis qu'elle exerçait la régence. Alexandre Dumas père, et, par voie de conséquence, Patrice Chéreau dans l'adaptation cinématographique de *"La Reine Margot"*, la dépeignent essentiellement comme une empoisonneuse, dont les actes se retournent finalement contre ses intérêts, et dont le seul but est de supprimer Henri de Navarre, futur

Henri IV. On la voit comme une femme dont les actes se contredisent sans cesse, mariant sa fille Margot, catholique, à Henri de Navarre, protestant, afin d'instaurer la paix dans le royaume de France, et commanditant l'extermination des huguenots cette fameuse nuit de la Saint-Barthélemy, obéissant au caprice de Charles IX. On la décrit comme une mère ayant aimé avant tout son quatrième fils Henri de Valois, futur Henri III, et utilisant ses filles comme monnaie d'échange.

Si on peut lui reprocher en effet un certain manque de clarté et de stabilité dans la conduite de sa politique, quelques incohérences, le portrait qu'on fait d'elle sur le plan affectif semble quelque peu noirci. Peut-être a-t-elle aimé ses enfants de façon inégale. Mais on ne peut l'accuser de ne pas avoir aimé ses filles, qu'elle a chéries. Si ses relations avec Marguerites étaient compliquées, Catherine était et est restée proche de sa fille Claude. Par ailleurs, elle a soutenu de façon inconditionnelle les trois fils couronnés, les conseillant tant sur le plan personnel que politique, mais en respectant malgré tout leurs décisions. Qu'elle ait réellement joué un rôle dans le massacre de la Saint-Barthélemy est contesté par certains historiens. L'assassinat de l'amiral Gaspard de Coligny, leader protestant, serait, finalement, plus le fait du duc Henri de Guise, Coligny ayant été soupçonné d'avoir commandité l'assassinat de François de Guise (père de Henri de Guise) par Jean Poltrot de Méré.

Louise de Lorraine Vaudémont (1553-1601)

Épouse du roi Henri III, qui l'aima sincèrement, bien qu'il ait vu en elle une sorte de sosie de sa regrettée Marie de Clèves, dont il avait voulu faire annuler les noces avec le prince de Condé, et morte en couches.

Louise est issue de la branche cadette de la maison de Lorraine, ce qui fait d'elle la cousine des Guise. Après l'assassinat de son époux, elle n'aura de cesse d'insister auprès de Henri de Navarre pour qu'il fasse poursuivre et sanctionner les Guise, dirigeants notoires de la Ligue, ce à quoi le nouveau roi, malgré ses promesses, n'accèdera finalement pas, soucieux de mettre un terme à l'escalade de la violence, et d'instaurer la tolérance et la paix. Elle tentera également d'intervenir auprès des papes successifs, afin de réhabiliter son époux, excommunié, et de lui obtenir des obsèques dignes d'un roi reconnu de l'Église, à Rome. Mais les papes successifs, et en particulier Grégoire XIV, proche de la Ligue, refusèrent d'accorder les honneurs habituels consacrés à un roi défunt à celui qui avait commandité le meurtre de deux fervents catholiques, dont un cardinal.

Roger de Bellegarde

Roger II de Saint-Lary de Bellegarde (né le 10 décembre 1562 ou le 10 janvier 1563, selon les historiens et généalogistes, mort à Paris le 1 juillet 1646). Il fut un favori des rois Henri III et Henri IV.

Fils du gouverneur militaire de Metz, il est le neveu de Roger de Saint-Lary de Bellegarde, favori d'Henri III. Son cousin germain, le duc d'Épernon (Jean-Louis Nogaret de la Valette), l'introduit auprès d'Henri III.

Il fait partie des catholiques ayant suivi Henri IV à la mort d'Henri III, il le seconde vaillamment pendant la guerre civile et est comblé de faveurs (dont Grand Écuyer de France en 1605). En novembre 1590, le siège de Paris s'étirant en longueur, Roger de Bellegarde présente sa maîtresse Gabrielle d'Estrées à Henri IV, qui en fait sa favorite. Bellegarde épouse en 1596 Anne de Bueil. Henri IV le nomme gouverneur de Bourgogne en 1602 après la conspiration du duc de Biron, précédent gouverneur. Louis XIII le fait duc et pair de Bellegarde en 1619/1620, mais ayant rejoint le parti de Gaston d'Orléans et du duc de Montmorency, Bellegarde est déchu de ses titres et biens par arrêté du 15 octobre 1631, et ne doit son salut qu'au pardon du cardinal de Richelieu en 1632. Il meurt en 1646 à 83 ans, sans postérité.

Le choix de ce personnage comme l'un des éléments principaux et omniprésents dans la pièce de théâtre est justifié par le fait que, dans l'histoire de France, il assure la jonction entre les règnes de Henri III et de Henri IV. Il devient même l'un des favoris de Henri IV après avoir été l'un de ceux d'Henri III. Il est donc un des éléments pivots entre les deux souverains.

François de Richelieu

François IV du Plessis, seigneur de Richelieu, du Chillou, de La Vervolière et de Beçay (1548-1590) est un capitaine français et un grand officier de la couronne du roi Henri III. Il est le père du cardinal Armand-Jean du Plessis de Richelieu, principal ministre de Louis XIII.

Issu d'une ancienne famille du Poitou qui a tiré son nom et son origine de la terre du Plessis, il est le fils cadet d'un officier, Louis du Plessis de Richelieu, et de Françoise Rochechouart-Faudoas. Il fut élevé parmi les pages de François II et de Charles IX. Après s'être distingué à la bataille de Montcontour, qui a eu lieu pendant la troisième guerre de religieux et au terme de laquelle le Duc d'Anjou, futur Henri III, ressort victorieux, il suit et devient l'homme de confiance du jeune Duc, notamment en Pologne, où il reçoit la foi des seigneurs Polonais. En 1578, il devient grand prévôt de France et, en 1585, est élevé à la distinction de chevalier des ordres du roi. Bien que fervent catholique, il reste fidèle au roi Henri III contre la Ligue et se rallie au parti d'Henri IV, qui, en récompense de ses services, le nomme capitaine de la troisième compagnie de ses gardes du corps. Il meurt le 10 juin 1590 à 42 ans d'une fièvre pernicieuse.

Le rôle du Grand prévôt de France :
Le Grand prévôt de France assure la police de la cour du roi et, pour ce faire, a juridiction sur les troupes de la maison militaire du roi. Il fait partie des officiers de la Maison du Roi. Cet officier d'épée, dont la juridiction s'étend sur le Louvre ainsi que sur toute la Maison du Roi, juge en premier ressort des causes civiles (l'appel était porté au Grand Conseil) et en dernier ressort des causes criminelles et de police qui touchent la Cour, d'où le choix de sa personne pour présider le procès fait au cadavre de Jacques Clément, assassin de Henri III.

Jacques de la Guesle (1557-1612)

Magistrat français, procureur général du roi près le parlement de Paris de 1582 (à 25 ans) à sa mort. Il a donc 32 ans environ à la mort de Henri III.

Malgré son jeune âge et son inexpérience, il fait preuve, à plusieurs reprises, de prudence et de discernement. Ayant entendu parler d'un moine ayant délibéré de tuer le roi, il teste Jacques Clément et ses réactions au moment où il le rencontre, sur la route qui relie Vanves (où il a une propriété) à Saint-Cloud (où le roi a momentanément élu domicile pendant le siège de Paris). Il le questionne à plusieurs reprises sur ses déclarations, les échanges qu'il a pu avoir avec le Premier président du Parlement Achille de Harlay, proche du roi, emprisonné en Bastille depuis la journée des barricades le 13 mai 1588), et le teste sur ses intentions ("on m'a dit qu'un moine avait délibéré de tuer le roi, est-ce point toi ?").

La réponse du suspect a de quoi tromper, d'autant que qu'elle intervient sans que le moine ait changé de couleur face à cette question très directe : *"Sûr, messire le procureur, je suis un grand assassin"*. Si cette réponse rassure quelque peu le magistrat, il fait surveiller le suspect le soir même, à son domicile, et tente par tous les moyens de dissuader le roi de recevoir le moine en tête à tête.

Malheureusement, ses propres doutes et les caprices du roi (ou sa peur d'être accusé de refuser d'avoir affaire aux hommes d'église) auront raison de toutes les précautions qu'il a pu prendre. De même, après le coup fatal porté au roi, La Guesle crie aux hommes de la garde rapprochée du souverain de ne pas blesser le moine afin de pouvoir lui poser des questions sur ses motivations et ses éventuels complices. Il ne sera pas, hélas, écouté, et les "Quarante-cinq" tuent Jacques Clément, avant de le défenestrer, chose qui contribue à entretenir pendant des années, voire des siècles, le mystère de son périple.

Antoine Portail (ou Portal)

Le nom est célèbre, pour avoir été porté par des personnages plus illustres, dont un magistrat ayant officié sous Louis XIV. Rien ne nous permet d'affirmer, au stade où en sont nos recherches, qu'il s'agit bien de la même famille. Tout ce que l'on peut retenir de ce médecin-chirurgien est qu'il fut, auprès de Henri III, un sujet et un conseiller droit, sans histoires, plus souvent présent auprès du souverain que de sa famille. Malgré ses compétences, il ne pourra sauver son roi du coup fatal porté par Jacques Clément. Pire, selon le rapport d'autopsie pratiqué sur la dépouille de feu Henri III, il semble que les lavements opérés aient plus contribué à accélérer le processus fatal qu'à soigner ou soulager ses douleurs du patient. A sa décharge : Portal, en examinant les entrailles du blessé, avait remarqué que les intestins du souverain étaient percés de part en part, ce qui rendait, de toutes les façons, la guérison du roi impossible. Son seul espoir, en pratiquant les lavements, était de retarder au maximum la septicémie. Par ailleurs, dans l'Histoire telle qu'elle a été reconstituée par les spécialistes, Antoine Portail a au moins eu le mérite d'être présent au moment où le Procureur Général du Roi, Jacques de la Guesle, a rencontré Jacques Clément, et de démontrer sans tricherie en quoi il a pu être abusé par l'attitude du jeune moine parlant sans hésitation et avec fermeté des proches de Portail et des amis du roi.

Le clan des Guise

Henri de Guise

Henri de Guise est le fils aîné de François de Guise et de Anne d'Este, importante princesse de la cour. Par elle, il descend du roi Louis XII, d'Anne de Bretagne et de Lucrèce Borgia. Il est dans le même temps cousin germain de Marie Stuart (Reine d'Ecosse et Reine de France). Cette position dans la lignée royale le place en rivalité avec Henri de Navarre pour la succession du trône de France, Henri III n'ayant pas d'héritier mâle légitime, et son dernier frère, François d'Alençon, ayant succombé en 1584 à une tuberculose. Mais la Ligue, puissant parti des ultra-catholiques de l'époque, s'oppose efficacement à l'arrivée des Huguenots au trône, et Henri III se rend très impopulaire, à force d'osciller entre catholicisme rigoriste et tolérance envers les protestants. Bien que le trône de France soit plus l'ambition -assumée- des siens que de lui-même ; Henri discute bien souvent les positions de son cousin Henri III et le pousse dans ses retranchements (traité de Nemours, Édit d'Union) pour le forcer à s'éloigner d'Henri de Navarre. On parle alors de la *"guerre des trois Henri"*, qui aboutit, le 23 décembre 1588, à l'assassinat d'Henri de Guise et de son frère Louis de Lorraine, Cardinal. Ce coup de majesté a pour conséquence d'éloigner la couronne du parti de la Ligue, (représentée alors par le duc de Mayenne, frère cadet d'Henri de Guise), qui refuse désormais toute négociation, mais aussi de priver le royaume d'un lieutenant-Général suivi et respecté de ses soldats.

<u>Charles de Mayenne</u>

Charles de Mayenne est le troisième des frères de Guise (avant lui, Henri de Lorraine, duc de Guise, et Louis de Lorraine, Cardinal). Gouverneur de Bourgogne, il occupe à la Cour de France la position de Grand Chambellan. Après l'assassinat de ses deux frères à Blois, il prend la tête de la Ligue et combat les troupes de Henri IV, qui le vainc. Le duc de Mayenne fera sa soumission au roi de Navarre en 1595.
Le film de Marcel Cravenne, *"La guerre des trois Henri"*, le dépeint comme "un de Guise mou", peinant à sortir de sa

Bourgogne pour venir défendre les intérêts de la maison de Lorraine dans la course au trône. Pourtant, dans les faits, c'est avec grande vigueur qu'il a pris la tête de la Ligue, succédant à Henri, et est demeuré intraitable face à Henri III, qui voulait enclencher les négociations. De même, en comparaison avec Henri, dont les manières agréables et respectueuses étaient appréciées de ses soldats, le Duc de Mayenne est considéré comme un capitaine talentueux mais brutal avec ceux qui se trouvent sous son commandement.

<u>Catherine-Marie de Lorraine, duchesse de Montpensier</u>

Sœur de Henri de Lorraine-Guise, de trois ans son aîné, Catherine épouse, à l'âge de 18 ans, Louis de Bourbon, duc de Montpensier, dont elle sera veuve douze ans après, sans descendance. Elle refusera, outrée, les propositions d'Henri III, qui souhaite lui faire épouser l'un de ses mignons, le duc d'Épernon, afin de créer une alliance entre la couronne et la puissante maison des Lorraine. Sa boiterie lui vaut les moqueries du roi et de ses mignons, ce qui accroît son amertume vis-à-vis du roi et de ses proches et sa tendance à véhiculer commérages et diffamations divers, lui conférant une méchante réputation. Elle est en effet une femme redoutable, dont la stratégie politique et les intrigues causeront bien des tracas à Henri III et à Henri IV plus tard, et manqueront, de peu, de placer son troisième frère sur le trône de France après la mort d'Henri III. Sentant les dangers et anticipant les actes de ses adversaires, elle est, en quelque sorte, le réel "cerveau" du clan des Guise et l'âme de la vengeance ligueuse après l'assassinat de ses deux frères.

Malgré ses intrigues, c'est une femme qui a une certaine empathie pour ceux qu'elle aime ou qui rejoignent ses valeurs, et un sens de la dignité, qui met à mal la théorie -très contestée et peu probable- de certains historiens (dont certains descendent de ses ennemis politiques) qui ont prétendu qu'elle avait promis ses faveurs au moine Jacques Clément afin de le déterminer à accomplir son geste. On peut difficilement imaginer que cette duchesse, consciente de son rang et s'imaginant déjà reine, d'abaisse à ce type de "commerce". Cette thèse est d'ailleurs contestée par les historiens sérieux tels Pierre de Vaissière.

Catherine de Clèves

Épouse de Henri de Lorraine, duc de Guise. Elle est fille de François de Clèves, duc de Nevers, et de Marguerite de Bourbon (sœur aînée du roi Antoine de Navarre, père de Henri de Navarre). Elle est donc cousine germaine du futur Henri IV. Mais elle est aussi la filleule de Catherine de Médicis et a servi en tant que dame de compagnie auprès d'elle, mais aussi auprès de Elisabeth d'Autriche (épouse de Charles IX), et de Louise de Lorraine-Vaudémont (épouse d'Henri III). Par ces différents emplois, on peut imaginer qu'elle ait développé un beau tissu relationnel et de renseignement, avec des connexions dans tous les partis politiques. Ajoutées à sa nature discrète, qui la fait contraster avec la duchesse de Montpensier, sa belle-sœur, dominatrice, ces connexions sont un atout qui lui servira certainement, plus tard, pour servir son investissement dans la Ligue, et, aussi, par voie de conséquences, à faciliter le projet d'assassinat du roi Henri III. Certains historiens (Nicolas de Roux, notamment) observent même un changement presque radical dans son comportement après l'assassinat de son époux. Auparavant catholique modérée, elle devient un des éléments les plus farouches et déterminés de la vengeance des ultras. La veuve d'Henri III, fille de la branche cadette de Lorraine, ne pardonnera pas aux siens cette trahison et demandera à Henri IV de punir les coupables, ce qu'il ne s'empressera pas de faire, ayant à l'esprit la volonté ferme de pacifier le pays, et, de ce fait, ménager la maison des Guise. Un choix judicieux puisque Catherine acceptera de rallier le nouveau roi une fois celui-ci converti au catholicisme, de même que le duc de Mayenne, frère du défunt duc de Guise, qui acceptera plus tard de le reconnaître comme son souverain. Une loi sera même publiée quelques années plus tard, qui amnistiera les membres de la Ligue de tout fait relatif à la mort du roi Henri III.

Les Navarre

Jeanne d'Albret et Antoine de Navarre, parents du futur Henri IV

Le royaume de Navarre

La Haute-Navarre fut conquise en 1512 par le royaume d'Aragon et annexée en 1516 au royaume d'Espagne. L'autre partie, Basse-Navarre, resta indépendante et fut unie à la Couronne de France au moment où Henri de Navarre, fils de Jeanne d'Albret et d'Antoine de Bourbon *(ci-dessus)* prit la succession d'Henri III et monta sur le trône en 1589, d'où le titre de *"Roi de France et de Navarre"*. C'est Jeanne d'Albret (Jeanne III de Navarre) qui apporte ce royaume à la couronne de France, la loi salique n'étant pas applicable à ce petit royaume jusqu'à la décision de Louis XIII. Le future Henri IV bénéficie d'une double ascendance prestigieuse : Jeanne d'Albret est la fille de Marguerite de Navarre, sœur de François 1er. Son père, Antoine, descend de la dynastie des Bourbons, dont l'origine est Louis 1er de Bourbon, dont la descendance (Pierre 1er de Bourbon) s'alliera avec les Valois.

__Henri de Navarre (futur Henri IV)__

Né 13 décembre 1553, il devient roi de Navarre à compter du 9 juin 1572, deux mois avant son mariage avec Marguerite de France, sœur du roi Charles IX. Hélas, ce mariage, voulu par Catherine de Médicis pour restaurer la paix entre catholiques et protestants, est marqué par le massacre de la Saint-Barthélemy, le 24 août 1572.

Après d'âpres négociations avec Marguerite, qui exige que son futur ex-époux épouse par la suite une princesse de qualité, Henri obtient en octobre 1599 l'annulation de son mariage, basée sur la stérilité de Marguerite et sur leur consanguinité. Il épouse un an après Marie de Médicis, qui lui donnera un héritier.

Les revirements religieux du nouveau roi de France lui valent la méfiance des protestants et le mépris des ultra-catholiques, la Ligue, que Henri combat (notamment en rejoignant le parti des "Malcontents) tout en la ménageant. Son expertise militaire lui permet d'ailleurs de dominer les troupes du duc de Mayenne, frère cadet des princes lorrains et dernier obstacle au trône, lequel finit par lui prêter allégeance. Henri IV parvient ainsi à instaurer une paix civile après trente ans de guerre de religions. A ce titre, on retient essentiellement de lui l'image d'un "fils spirituel" de Henri II, plus attaché à la préservation des intérêts collectifs, à la paix et à la raison d'État, qu'aux préoccupations individuelles et aux vengeances entre clans. C'est dans cet esprit de paix qu'il renoncera finalement, malgré les supplications empressées de Louise de Lorraine-Vaudémont, à poursuivre et sanctionner les membres de la famille de Guise après l'assassinat d'Henri III, bien que la responsabilité des duc et duchesses dans ce régicide soit notoire et assumée.

Les Serbonnois

Marguerite de Bronze (ou "De Brons" 1560 - 1646) et Mathieu de Brunel

Marguerite de Bronze ou de Brons, dame de Gravon et de Balloy, est née vers 1560 et décédée, le 4 septembre 1646, à Serbonnes, en Bourgogne. Elle est inhumée en l'église de Serbonnes[1]. Nous ne savons pas à quelle famille elle appartient.

Elle se marie en 1575 avec Mathieu III de Brunel (1542 - 1621), un seigneur du Sénonais, écuyer seigneur de Serbonnes en partie, de Varennes de Bordeau et des Barres. Ils acquièrent l'autre moitié du fief du Petit Varennes, qui appartient à Anne Durousseau et à son époux en vertu d'une donation faite à ces derniers, en 1563, par Claude de Pontville.

La famille dont il est issu, la famille Brunel de Serbonnes, noble et ancienne, est originaire de Guienne. André de Brunel, en 1317, grand maître d'hôtel de France, sous les rois Philippe-le-Long, Charles-le-Bel, et Philippe VI, est le premier connu. Les descendants du premier seigneur Mathieu de Brunel se sont toujours maintenus en possession du Petit Varennes. Ensemble, ils ont un fils, **François de Brunel**, seigneur de Serbonnes, qui épouse, en 1624, Anne de Brons.

Marguerite devient l'une des nombreuses maîtresses du roi Henri III. Dès lors, loin de savourer "l'honneur" qui lui est fait, Brunel devient un partisan acharné de la Ligue dans sa province. Certains historiens ou bloggeurs ont affirmé qu'il avait exalté le moine Jacques Clément, né à Serbonnes (1567 - 1589) à tuer le roi. Quelles sont leurs sources et preuves ? Nous les cherchons toujours à cette heure. En attendant on ne peut que douter du fondement de ces assertions. En revanche, Brunel a probablement servi d'intermédiaire entre Jacques Clément et la Ligue sans avoir connaissance des intentions des chefs de ce parti.

Vues de haut et de face du <u>domaine du Petit Varennes</u> à Serbonnes.

Des amours de Henri III avec Marguerite serait né un enfant. Garçon ou fille ? Cela n'est pas précisé. Toujours est-il que le blason des Brunel a été modifié : les fleurs de lis sont semées sur le chevron de leur blason, au XVIe siècle, en souvenir du passage du roi Henri III. On pourrait facilement mettre en doute cette hypothèse. Cependant, certains indices semblent témoigner de sa véracité.

Le premier blason des Brunel est : *D'azur au chevron d'argent*. Selon *l'Almanach historique du département de l'Yonne et de la ville de Sens, Soucy, Serbonnes, etc....*, après cette relation avec le Roi, le nouveau blason des Brunel est : *D'azur au chevron d'argent, deux fleurs de lys au-dessus du chevron et une en dedans*. Selon la tradition familiale, les fleurs de lis sont semées sur le chevron au XVIe siècle, en souvenir des relations de Marguerite de Brons, dame de Serbonnes, avec le roi Henri III. Selon la logique du récit, cet amour a porté ses fruits et le blason des Brunel porte la marque de cette bâtardise". Le blason des Brunel de Serbonnes, en Picardie, devient : *D'argent au chevron de sable (alias d'azur) chargé de trois fleurs de lis d'or*.

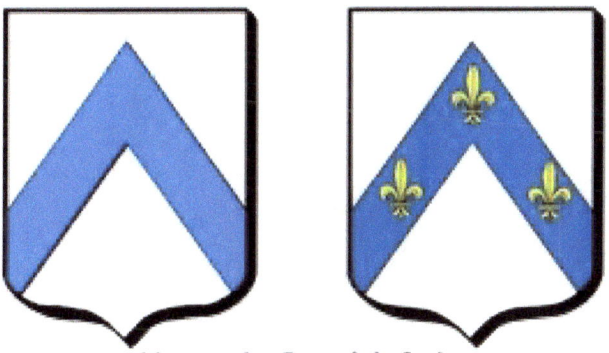

Les blasons des Brunel de Serbonnes

Cette intégration des trois fleurs de lys apparaît également sur le blason du village de Serbonnes.

Sur la dalle du château, on distingue nettement un aigle couronné sur un fond rouge, symbole de la royauté Polonaise. Or, Henri III, avant d'être roi de France, fut roi de Pologne. Cela peut expliquer l'ajout de cet aigle sur certaines dalles de sol, et de trois fleurs de Lys sur les armoiries familiales.

Jacques Clément

Les origines de Jacques Clément

On connaît peu de choses sur Jacques Clément, né dans le village de Serbonnes, situé au nord de Sens, d'un couple de "laboureurs vignerons". Les archives de la paroisse ne commençant qu'en 1643, il est très compliqué d'établir sa date de naissance, que certains historiens situent en 1567, s'appuyant sur les déclarations de Jean Boucher, curé de Saint-Benoît, membre de la Ligue, selon lequel Jacques Clément a commis le régicide à 23 ans, ce qui fait remonter sa naissance à 1566 ou 1567. Le grand Prévot, François du Plessis de Richelieu, évalue son âge à 28 ans au moment du procès, ce qui daterait plutôt sa venue au monde à 1560 ou 1561. Difficile, par ailleurs, de donner un âge fiable à un moine, dont la tonte "en couronne", peut cacher une calvitie, et a tendance à vieillir un visage. Par ailleurs les cheveux faisant partie de la fameuse couronne ne blanchissent qu'à partir de 40 ans, ce qui peut aussi laisser suggérer une naissance autour de 1549 et accréditer la thèse selon laquelle le Pierre Clément, assassiné en 1552 à la suite d'un litige de fermage avec les seigneurs de Tourneboeuf, gentilshommes du domaine du Grand Varennes à Serbonnes, ait pu être le père de Jacques, et que la famille Clément ait eu à pâtir du pouvoir royal, qui a gracié Edme Tourneboeuf quatre ans après son forfait en le rétablissant dans ses droits et terres. Le château du Grand Varennes étant situé en face de la maison des Clément, on peut imaginer le supplice quotidien auquel la famille était soumise dès le retour en force de ce seigneur assassin.

Malgré la profonde injustice que constituait cette remise en grâce de l'assassin Tourneboeuf (d'autant que seules les personnes aisées pouvaient y prétendre en versant une somme importante, ce qui excluait la grâce des pauvres gens)), on peut déduire des quelques éléments mis au jour que la famille Clément a reçu une forme de réparation: l'éducation du premier fils du fermier, lui aussi prénommé Pierre, devenu prieur, avocat et prévôt, et celle du petit Jacques, confié aux jacobins de Sens pour soulager sa mère. Une forme de réparation pécuniaire, à laquelle aurait été condamné Tourneboeuf, soit sous forme de versement annuel au couvent, soit directement à la veuve Clément, soit les deux, n'est pas écartée.

L'idée d'une vengeance "en symétrie" avec le préjudice subi: la perte de son père.

Le meurtre de Pierre Clément est intervenu en 1552. La grâce de son assassin par le roi peut donc être située entre 1556 et 1557. Or, le souverain, à cette époque, était Henri II, père de Henri III.

"Tu as gracié l'assassin de mon père, alors je tue ton fils". On peut imaginer cette logique dans l'esprit de Jacques Clément quand il clamait à son entourage que le roi Henri III ne pouvait mourir que de sa main, comme s'il considérait que Dieu approuvait par avance un équilibre rétabli par le geste qu'il prévoyait d'accomplir. Cette haine contre le fils du roi, cette conviction ont été renforcées à compter du moment où l'idée du régicide était dans l'air, la Ligue n'ayant de cesse de vouloir venger l'assassinat d'Henri de Guise et de son frère le Cardinal de Lorraine, et le Pape ayant envisagé d'excommunier le roi pour ce "coup de majesté", signe, selon Jacques Clément, que Dieu était de son côté.

Développement et mise en œuvre de l'intention criminelle de Jacques Clément

Jacques Clément a donc décidé de faire périr ce roi impie, ennemi de la foi catholique, et de surcroît fils de celui qui a gracié l'assassin de son père. Par chance, pendant toutes ces années où il a étudié au couvent des jacobins de Sens, il a gardé des racines dans son village natal, Serbonnes, où il se rend régulièrement.

On peut imaginer qu'il a pu récolter et accumuler des renseignements précieux auprès de Marguerite de Bronze, maîtresse de Henri III et épouse de Mathieu de Brunel (de la même branche familiale que les Tourneboeuf mais en rivalité ouverte avec eux) ou de ses servantes, à propos des proches et habitudes de la cour, des noms des gens influents, ceux auprès de qui il faut se recommander…

Un autre personnage a pu, sans le savoir, le servir dans ses projets : Martin Beaufils, prieur curé en titre de l'église de Serbonnes, et qui loue le prieuré à son frère Pierre Clément. Or, Martin Beaufils, pour toucher ce bail, se rendait à Serbonnes deux fois l'an, pendant quatre jours, ce qui a pu permettre à Jacques de se lier à ce religieux proche du pouvoir royal.

Marguerite et Martin Beaufils sont par conséquent les sources les plus probables de renseignement de Jacques Clément, qui ainsi a pu approcher la femme du chirurgien portail, son fils, mais aussi Charles de Luxembourg, comte de Brienne, qui lui a délivré le fameux passeport pour sortir de Paris.

Ainsi, en partant du principe que Jacques Clément a trouvé, par ses propres moyens, les renseignements utiles à la "mission" qu'il s'est donnée, on peut alors se demander en quoi consistait "l'instrumentalisation" de Jacques Clément par la Ligue: s'est-elle exercée directement entre les chefs de la Ligue et le moine ou simplement, comme cela est suggéré dans le film *"La guerre des trois Henri"*, via les prédicateurs et les théologiens de la Sorbonne, où étudiait Jacques Clément, théologiens largement abreuvés par la propagande ligueuse? Quid également du rôle de Mathieu de Brunel, époux de Marguerite de Bronze, que certains ont accusé d'avoir, sous le coup de la colère et de la jalousie, exhorté le moine à tuer le roi. Sur quoi s'appuient ces "historiens" pour l'affirmer ? On peut imaginer que l'époux, loin de considérer l'aventure de Marguerite avec le roi comme un honneur, ait été heurté dans ses valeurs de fidélité jusqu'à rejoindre la Ligue, et que, de ce fait, il ait favorisé les connexions du moine Clément avec la Ligue, mais il est plus vraisemblable que ce seigneur ait agi sans avoir été mis au parfum des funestes projets du clan des Guise.

Pierre de Vaissière, dans son livre « *De quelques assassins* » relate avec précision les témoignages des différentes personnes présentes pendant et après l'acte meurtrier, et en premier lieu celui du procureur général Jacques de la Guesle, lequel a introduit le moine auprès du roi. Le magistrat fait part du doute qu'il a eu en lisant la lettre censée écrite de la main du premier président du Parlement Achille de Harlay, fidèle du roi embastillé à l'issue de la journée des barricades par les Ligueurs. La lettre était écrite en lettres italiennes, graphie couramment utilisée par les magistrats et par de Harlay lui-même ; mais qui a le désavantage de permettre aux faussaires d'imiter facilement l'écriture de celui qui la pratique. D'où le doute de La Guesle. Se posent alors plusieurs questions. Si Achille de Harlay n'est pas l'auteur de cette lettre, qui a pu contrefaire son écriture ? Clément lui-même ? C'est peu probable. L'hypothèse la plus tangible est celle d'un faussaire missionné par un Ligueur.

CONCLUSION : L'ASSASSINAT DU ROI HENRI III : ACTE RELIGIEUX, POLITIQUE, OU VENGEANCES FAMILIALES ?

Un régicide commis au nom de Dieu, mais qui n'est pas exclusivement religieux

Le geste de Jacques Clément a longuement été réduit à celui d'un fanatique instrumentalisé par d'autres fanatiques, les Ligueurs, catholiques "ultras" de l'époque. Les partisans de la couronne, niant toute responsabilité du roi Henri III lui-même dans cette fin tragique, avaient intérêt à présenter ce crime comme l'acte d'un pauvre fou pénétré du désir d'exterminer les hérétiques depuis son enfance. De même, les Ligueurs, et principalement les membres du clan "de Guise" ont présenté cet événement comme le fait libérateur d'un homme providentiel envoyé par Dieu, pour punir celui qui a osé commanditer l'assassinat de deux princes lorrains, cousins lointains du roi, dont un cardinal. La duchesse de Montpensier, sœur des deux princes lorrains, a regretté que Henri III n'ait pas été informé qu'il lui devait sa longue agonie et sa mort prochaine. Pour autant, unanimes, les Ligueurs ont décrété avoir agi par conviction religieuse, pour libérer le pays d'un tyran satanique, ont fait de Jacques Clément un héros martyr et désigné sa mère comme étant "la mère de Dieu". Enfin, Henri de Navarre, propulsé sur le trône et désireux de restaurer la paix dans le royaume de France, a simplifié son jugement, ménageant les Guise en ne les poursuivant pas, contrairement à ce que la veuve de Henri III avait demandé, et instaurant progressivement la tolérance religieuse. Il a par cet acte, coupé court à cette escalade de violence amorcée dès les premières guerres de religion, et relancée par Henri III pendant les états Généraux de Blois par l'assassinat des Guise en décembre 1588.

Un acte commis au nom de Dieu, donc, et qui a eu, indéniablement, quelques fondements religieux. Mais des motivations que nous aurions tort de réduire à ce seul mobile.

Vengeances familiales et jeux de pouvoir politique

Le second mobile, qui anime autant Jacques Clément lui-même que les membres de la maison de Guise (Catherine de Clèves, épouse de Henri de Guise et Catherine de Montpensier, sœur du duc et du cardinal de Lorraine), est la vengeance familiale. Nous l'avons vu: il est probable que Jacques Clément, par symétrie, a supprimé le fils de celui qui avait gracié l'assassin de son père. Quant aux deux "Catherine", elles ont réagi à cet assassinat de deux membres de leur famille, se servant sans vergogne de la propagande religieuse, à travers les prêches des hommes d'église parisiens, pour diaboliser le roi et justifier la rébellion vis à vis de la couronne.

Enfin, le dernier mais non le moindre : la rivalité de succession au trône de France entre la maison de Lorraine, celle des Valois et celle des Bourbons. Si Henri de Guise n'a jamais directement et ouvertement reconnu vouloir disputer à son cousin Henri III la légitimité du trône de France, les intentions de Louis, cardinal de Lorraine, qui a porté un toast au "nouveau roi de France" en regardant son frère pendant les États généraux de Blois, mais aussi les ambitions affichées de Catherine de Montpensier, qui méprisait profondément Henri de Valois, étaient claires: placer Henri, duc de Guise, sur le trône, et asseoir ainsi la maison de Lorraine ainsi que le rigorisme catholique au pouvoir. L'assassinat des deux princes lorrains sur ordre de Henri III changeant totalement la donne, c'est finalement Charles de Mayenne (troisième frère de Guise) qui a repris à la fois les rênes de la Ligue et la lieutenance aux armées, autrement dit le pouvoir militaire, mais aussi politique, Henri IV n'étant pas encore couronné, et le cardinal de Bourbon, emprisonné, servant de roi fantoche et d'alibi aux Ligueurs qui n'avaient nulle intention de le libérer.

Dieu avait donc bon dos…

Jacques Clément a-t-il réellement été instrumentalisé ?

Pour autant, la Ligue a-t-elle instrumentalisé Jacques Clément, et n'est-il pas possible que ce soit justement le contraire ? Le périple de Jacques Clément n'a rien d'un acte impulsif, irréfléchi. Au contraire, l'enchaînement de ses actes (l'obtention de la lettre et du passeport, les rencontres avec la femme de Portail, avec Charles de Luxembourg, l'achat du couteau, la mise en évidence des quelques écus destinés à régler ses dettes avant de partir, l'itinéraire soigneusement choisi pour rencontrer le Procureur Général et se faire amener près du roi), témoignent d'une certaine logique et d'une pensée organisée dans le dessein criminel.

Le moine avait recherché la validation de ses prieurs et de ses collègues, provoquant leurs moqueries face à la naïveté de ses déclarations, mais se forgeant, par là même un alibi : s'il était suffisamment sot pour se vanter de ce projet, il l'était certainement trop pour accomplir un tel geste.

Le moine se savait raillé et jouait de cette réputation d'imbécile pour brouiller les pistes et s'innocenter aux yeux de son entourage et de ceux qui auraient pu le croire capable de son projet. Mais si la Ligue n'a pas directement exhorté le moine à accomplir son acte, il n'est pas impossible, cependant, que les prieurs de la Sorbonne, en déliant le peuple de son obéissance au roi, et à travers les prêches ou entretiens plus confidentiels, encouragé le moine et l'aient assuré du bien-fondé du futur régicide. Le roi n'étant plus à leurs yeux le lieutenant de Dieu ni investi d'une quelconque mission divine, le tuer revenait à combattre Satan et ses suppôts.

Enfin, s'il a, sincèrement, invoqué des motivations religieuses profondes, le geste du moine était, plus ou moins consciemment, guidé par la haine qui le tenaillait depuis l'enfance contre un pouvoir royal, lequel avait, d'une certaine façon, validé le meurtre de son père et l'avait privé de ce parent durant les plus fragiles années de sa vie…

Quelles qu'aient été les motivations prédominantes du moine, son acte trouve une importance d'autant plus évidente qu'il ouvre la voie à d'autres faits contre la personne des rois : Henri IV, assassiné en 1610 par Ravaillac et, pendant la Révolution française deux siècles plus tard, la fin tragique de la famille royale sur la guillotine.

Ainsi s'achève cet essai sur ce premier régicide de France qui acte la fin définitive de la dynastie des Valois, et ouvre une page nouvelle : celle des Bourbons, vécue par les contemporains alliés de Henri IV comme une volonté divine amenant la fin des guerres de religion et le début d'une pacification du royaume de France via l'instauration d'une tolérance religieuse au travers de l'édit de Nantes promulgué en avril 1598.

BIBLIOGRAPHIE

Le Lieu de Jacques Clément - Marie Françoise Peteuil

Pierre de Vaissière - De quelques Assassins

Nicolas Le Roux - Un régicide au nom de Dieu: l'assassinat d'Henri III

Archives de la commune de Serbonnes

Archives du Château du Petit Varennes-Serbonnes

Du même auteur...

Romans policiers et historiques

En notre âme et conscience : fiction historique

La Malédiction d'Orphée : roman policier contemporain

Revues/magazines (voir sur le site elodie-delmares.com)

Assassinat du roi Henri III : L'histoire revisitée du premier régicide de France)

Les premiers pas de la Police Judiciaire Française

40 erreurs à éviter quand on veut écrire un roman

Tutoriels

Comment écrire un roman